LA NUIT
DU LOUP VERT

87, quai Panhard-et-Levassor – 75647 Paris Cedex 13
ISBN : 978-2-0812-2983-9

VIVIANE MOORE

LA NUIT DU LOUP VERT

Flammarion Jeunesse

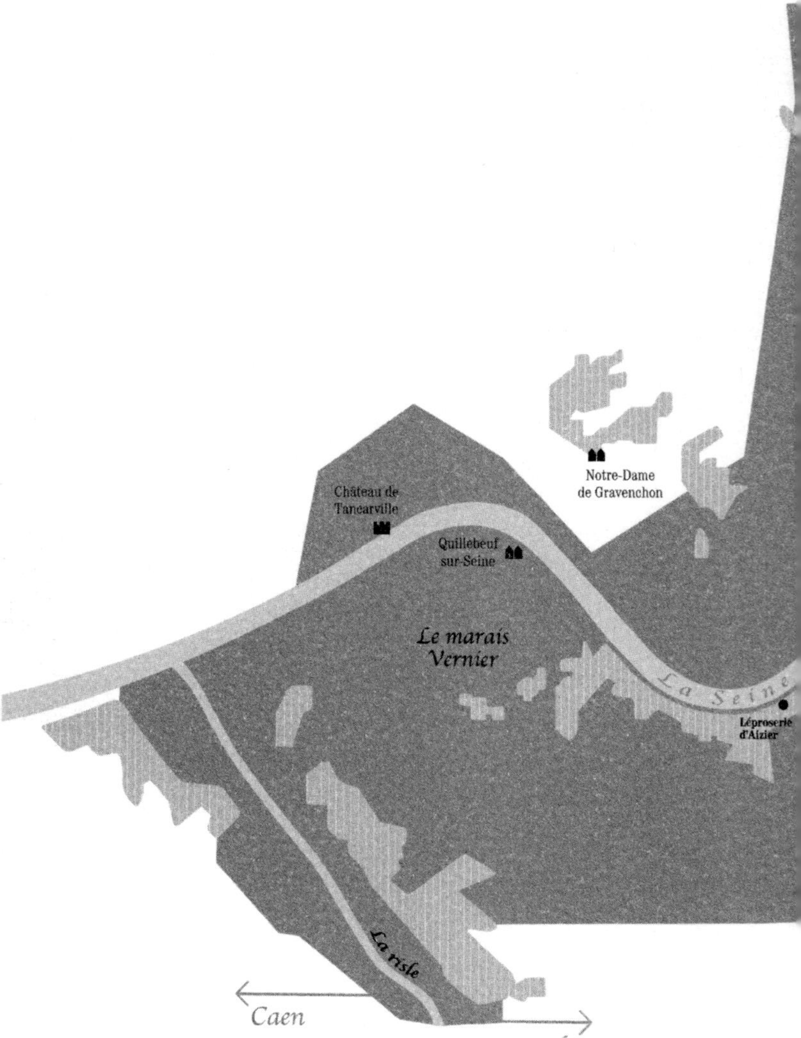

Château de Tancarville
Notre-Dame de Gravenchon
Quillebeuf sur-Seine
Le marais Vernier
La Seine
Léproserie d'Aizier
La risle
Caen
Pont-Audemer

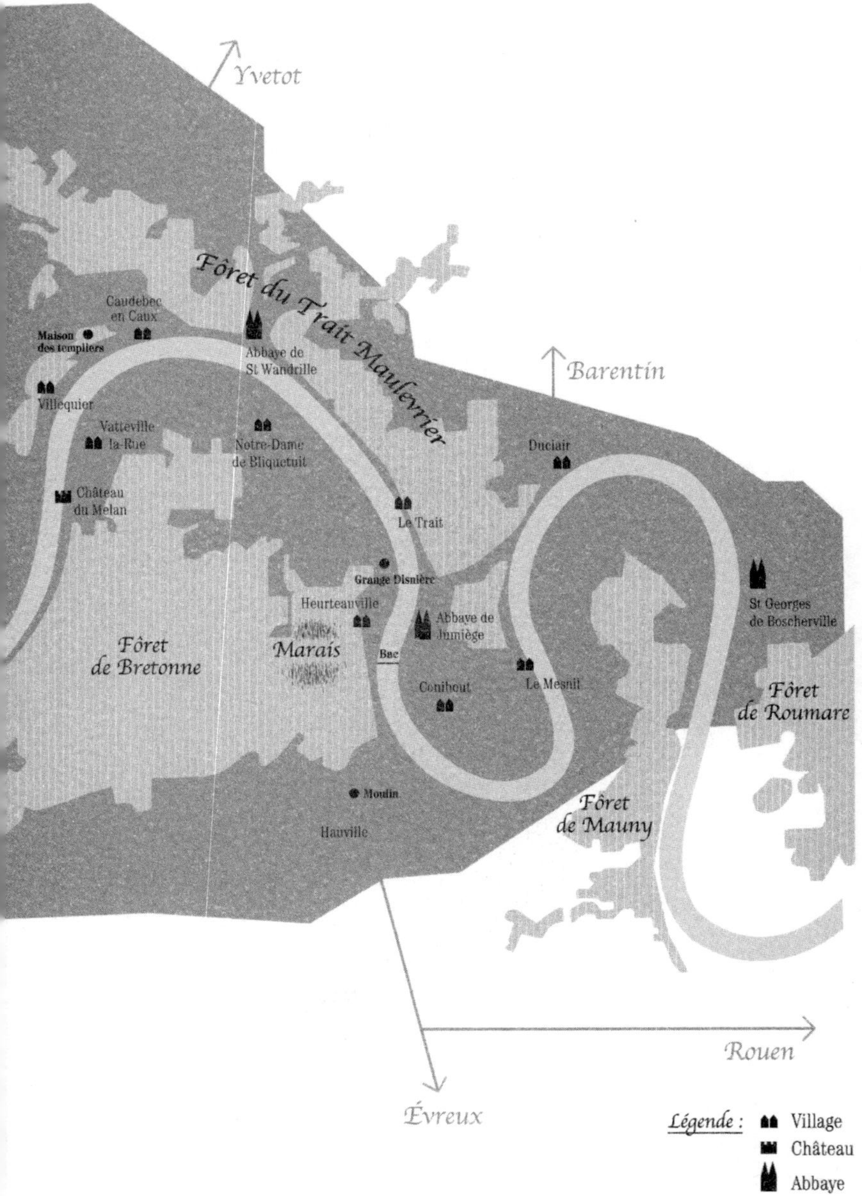

Yvetot
Fôret du Trait Maulevrier
Caudebec en Caux
Maison des templiers
Abbaye de St Wandrille
Barentin
Villequier
Vatteville la-Rue
Notre-Dame de Bliquetuit
Château du Melan
Duclair
Le Trait
Grange Disnière
Heurteauville
Abbaye de Jumiège
St Georges de Boscherville
Fôret de Bretonne
Marais
Bac
Conihout
Le Mesnil
Fôret de Roumare
Moulin
Hauville
Fôret de Mauny
Rouen
Évreux
Légende :
Village
Château
Abbaye

Prologue

La lune projetait sur l'abbaye de Jumièges une clarté blafarde. Un court instant, elle éclaira la silhouette d'un moine qui se glissait en dehors de l'enceinte.

C'était le camérier, Héribert, un petit homme craintif qui se dirigeait vers le lieu d'un rendez-vous secret, auquel il aurait préféré n'être pas convié.

Il s'arrêta près des grands bassins où les moines élevaient les truites et chercha le banc où on lui avait dit d'attendre. Une fois arrivé, il baissa sa capuche, révélant un visage maigre aux yeux inquiets.

Dans les bassins filaient les éclairs argentés des poissons mais, perdu dans ses pensées, il ne les regardait pas.

Des images de sa vie défilaient sous son crâne.

Dès l'enfance, il avait été différent des autres.

Fils aîné d'un seigneur de haute noblesse, il était né craintif, et redoutait plus que tout la douleur physique. Le monde et ses guerres l'effrayaient. Il détestait chasser, se battre, courir, s'entraîner à l'épée ou au lancer du javelot.

Alors, contre l'avis de son père, il avait laissé le pouvoir à son cadet et s'était consacré à Dieu. Non par réelle conviction, plutôt pour se protéger.

Mais dans les monastères aussi, il y avait des hommes... Toutes sortes d'hommes. Les uns rêvaient de puissance, les autres de richesses, certains passaient leur temps à se quereller... Un monde en miniature, parfois plus cruel que celui auquel il avait renoncé.

Il réalisa alors que c'était sa peur qui l'avait exposé au danger.

Car il avait trahi ses frères, les moines, pour se mettre à l'abri. Une trahison qu'il ne supportait plus. Qui était comme un plat trop lourd sur son estomac fragile. Une trahison qui lui donnait la nausée et qu'il s'était promis de confesser à l'abbé de Jumièges.

Dès demain, il parlerait. Il dirait tout.

Pour la première fois de sa vie peut-être, il avait pris une décision digne d'un seigneur.

Il sursauta.

Des feuillages avaient remué.

Il se retourna. Cela venait des fourrés qui bordaient l'allée. Sans doute quelque animal.

Il frissonna de froid et d'anxiété.

Les cloches de l'abbaye sonnèrent. C'était l'office de laudes. Celui qui précédait le lever du soleil. Mais que faisait l'autre ? Il lui avait pourtant dit qu'ils se verraient avant la messe...

Dans un fracas de branches cassées, les buissons s'écartèrent et une créature tout droit sortie des enfers apparut.

Un être qui ne pouvait exister que dans les pires cauchemars.

Mi-homme mi-bête.

Héribert voulut crier, appeler « à l'aide » mais aucun son ne sortit de sa gorge contractée par une peur abominable, paralysante.

Il restait la bouche ouverte, les bras ballants.

Le monstre s'approchait, ses crocs luisants dans la pénombre...

La torche lui échappa des mains. Il essaya de fuir mais la bête bondit, plantant ses griffes dans sa chair. Il tomba à la renverse. Un sang tiède coula le long de son flanc.

Il essaya d'échapper à la mort, de se débattre, mais il n'avait pas plus de forces qu'un nourrisson. Ses doigts s'étaient refermés sur les longs poils gris.

Il se revit enfant quand il avait peur de ce qui se cachait dans le coffre de sa chambre...

Drogon, le jeune novice qui trouva le cadavre déchiqueté du camérier, tomba évanoui. Quand il revint à lui, il courut prévenir le prieur et l'abbé.

L'infirmier lava le corps d'Héribert puis on le déposa à la chapelle, enveloppé dans un linceul. Afin, disait-il, de ne pas créer de panique, le prieur exigea le silence du novice et de l'infirmier.

Un moine agita la crécelle des morts et à la réunion du chapitre, ce jour-là, on annonça à tous la mort subite du camérier Héribert.

On dit que son cœur avait lâché, ce qui était vrai.

On inscrivit son nom sur le « rouleau des morts ».

Le lendemain, on l'enterrait.

I

LE MASSACRE

Chapitre 1

Ce matin de juin 1151 ressemblait aux autres et pourtant...

Héloïse ne savait pas qu'en pénétrant dans la forêt, son destin allait changer.

Après avoir rendu visite à sa tante dans sa propriété du Mesnil, la jolie rousse était remontée en selle, arrangeant d'une main les longs plis de sa jupe sur l'encolure de sa jument. Au lieu de rentrer, elle chevaucha vers l'abbaye de Jumièges et le village de Conihout.

Sa jument, une jolie bête gris pommelé, avait pris le trot. La jeune fille la laissait faire, perdue dans ses pensées.

Depuis la mort de leur père, qui s'était noyé dans la Seine un mois auparavant, rien n'allait plus. Le vieil homme, à l'avarice légendaire, leur avait à peine légué de quoi vivre à son frère et à elle. Les greniers étaient vides et le manoir des Bois-Robert tombait en ruines.

Sa tante lui avait bien proposé son aide, mais Héloïse était trop fière pour l'accepter. Quant à son frère Renaud, elle ne le voyait plus. Il partait pour de longues chasses solitaires ou passait son temps avec les moines.

La jeune fille haussa ses jolies épaules. Heureusement, il y avait le beau Gautier de Beaumont... Il avait promis de les aider. Et elle le devinait si amoureux qu'elle était sûre qu'il tiendrait parole.

Héloïse de Bois-Robert talonna son cheval, disparaissant bientôt dans la pénombre verte. Elle chevaucha longtemps puis, au détour du chemin, apercevant l'herbe rase d'une clairière au centre de laquelle se dressait un buisson d'églantines, elle sauta à terre et attacha sa monture à une souche.

Malgré l'heure matinale, il faisait déjà chaud et la jolie rousse resta un moment à rêver, tout en cherchant des yeux, parmi les trèfles, celui qui lui porterait chance. Car ce soir, en Normandie, comme partout en France, on fêterait la nuit la plus courte de l'année, la Saint-Jean, mais ici, en terre gémétique, c'est ainsi qu'on appelait cette presqu'île au bord de la Seine entre l'embouchure du fleuve et Rouen, ce serait la nuit du loup vert.

Elle se rappelait les incidents de l'an dernier, la violence, les cris, les blessés couverts de sang...

Heureusement, ensuite, tout s'était apaisé, il y avait eu le grand banquet, les hommes qui s'élançaient par-dessus les flammes, puis la musique et la danse jusqu'à l'aube.

Héloïse sourit.

Ce jour-là, pour la première fois, Renaud lui avait présenté Gautier de Beaumont.

Le teint pâle, le front haut couronné de boucles noires, les yeux gris ombrés de longs cils, il portait un bliaud écarlate et une chaîne d'or avec, en pendentif, un lourd cabochon de grenat cerné d'une résille de métal précieux. Il avait fière et riche allure.

Renaud disait l'avoir rencontré chez leur voisin, le puissant seigneur de Clères, et depuis, il ne cessait de vanter ses exploits tant aux tournois qu'à la chasse.

Plus grand que son frère d'une coudée, aussi mince et souple que celui-ci était solide et lourd, le jeune sire de Beaumont s'était incliné avec élégance avant de se redresser et de planter son regard gris dans le sien.

C'était la première fois qu'un homme la dévisageait ainsi.

Même maintenant, elle en rougissait encore.

Elle se leva.

Dans la clairière, les ombres avaient raccourci. Sans s'en rendre compte, elle s'était attardée, mais peu importait puisque personne ne l'attendait au manoir, hormis leurs vieux serviteurs. Les oiseaux chantaient, sa jument somnolait sous un grand chêne.

L'éclat jaune d'une orchidée sauvage attira son regard, elle se glissa dans les buissons pour la cueillir, puis en vit une autre et une autre encore... Les petites fleurs dessinaient un chemin doré au creux de la mousse. Elle le suivit, coupant au fur et à mesure les tiges avec le poignard qu'elle portait à la ceinture.

Les buissons se refermèrent sur elle.

Sous les châtaigniers et les hêtres, parmi les fougères, poussaient les plantes guérisseuses. Peut-être trouverait-elle les cinq herbes de la Saint-Jean. Gisla, la guérisseuse du village de Conihout, ne lui avait-elle pas recommandé de les cueillir : « Après que la rosée s'est évaporée, entre l'office de prime et celui de sexte. »

Tout en pensant à Gautier de Beaumont, elle avançait en chantonnant le refrain de la ronde de la Saint-Jean :

Marchons joli cœur,
La lune est levée...

Pas d'autre bruit que les pépiements des mésanges et le tintement léger des boucles d'argent de ses souliers. Tout en cherchant du regard l'herbe aux mille trous, Héloïse aperçut les fleurs rose violacé de la grande mauve.

Tout à sa recherche, inconsciente de la noirceur soudaine du ciel, des ténèbres de plus en plus épaisses au fur et à mesure qu'elle s'enfonçait dans la forêt, elle s'arrêta au bord d'une mare qu'ombrait la ramure d'un chêne centenaire.

Des libellules s'y poursuivaient et elle resta à les contempler, émerveillée par le bleu éclatant de leurs ailes.

C'est à ce moment précis qu'elle l'entendit.

C'était à peine perceptible, un froissement de feuilles, un frôlement.

Comme il n'y avait pas un souffle de vent, elle se figea, aux aguets.

Les oiseaux s'étaient tus. Et elle prit soudain conscience de l'obscurité verdâtre qui l'enveloppait.

Sa respiration s'accéléra.

« Je suis une Bois-Robert, une fille de seigneur, je ne connais pas la peur », se dit-elle pour se donner du courage.

Bien des fois, elle avait chassé avec son père et son frère. Du petit gibier, mais pas seulement. Une fois, une seule, elle les avait accompagnés au sanglier... Son frère avait enfoncé son pieu dans le sol boueux. Et le solitaire avait jailli, fracassant tout sur son passage, fonçant droit sur eux... Les muscles durcis, un genou en terre, son frère Renaud avait attendu la charge, sans bouger... et l'énorme bête s'était empalée sur la pointe de bois.

Elle répéta avec plus de conviction : « Je suis une Bois-Robert ! »

Elle repartit, son bouquet à la main, reprenant sa chanson :

Voici la Saint Jean,
L'heureuse journée
Que nos amoureux
Vont à l'assemblée
Marchons, joli...

Avant de s'arrêter de nouveau.

Un bruit de branches qui s'écartent.

Pas celui du passage d'un lièvre ni même d'un chevreuil. Quelque chose de plus grand, de plus lourd !

Un frisson annonciateur de danger la parcourut, remontant de son dos à sa nuque.

Le cri d'alerte d'un geai retentit, la fit sursauter.

Elle lâcha ses fleurs et se mit à courir.

Chapitre 2

Jean s'en revenait à pas lents, l'air maussade. Pourquoi était-il si maladroit ? Et pourquoi les filles exigeaient-elles tant de preuves d'affection alors qu'elles n'en donnaient aucune ? Pour plaire à son Aubrée, il avait dû laisser le troupeau de l'abbaye sans surveillance. Et pour toute récompense, il n'avait rien eu, pas même la promesse d'une danse à la Saint-Jean !

Quant au baiser qu'il espérait, il n'y fallait pas songer.

Le jeune gars de treize ans marchait d'un pas lent. Quand il prit conscience de la hauteur du soleil dans le ciel, cela l'affola. Si un villageois ou un moine s'était aperçu qu'il n'était pas à l'enclos...

Si son père l'apprenait...

Cette dernière évocation lui fit accélérer le pas.

Le sentier débouchait dans une vaste clairière cernée par une palissade de bois. L'herbe y était grasse et verte et les vaches aimaient se mettre à l'ombre des grands arbres qui la bordaient. Un endroit paisible où Jean, quand il ne taillait pas des sarbacanes dans du bois de sureau, somnolait en attendant l'heure de rentrer au village.

Très vite, il eut le pressentiment que quelque chose n'allait pas.

Déjà, la forêt était silencieuse.

Trop silencieuse.

Et puis, il y avait cette odeur, soudain, qui lui tordait le nez. Une odeur fade, écœurante, comme celle du sa...

Il se refusa à prononcer le mot et se figea.

Des gouttes de sueur perlaient à son front.

Le portillon de l'enclos était fermé et le seul bruit qui lui parvenait maintenant était une sorte de bruissement.

Jean ne pensait plus à Aubrée.

Il s'interdisait de penser, surtout à cette odeur qui lui soulevait le cœur...

C'est alors qu'il vit les corbeaux.

Des centaines de ces oiseaux de malheur dont les ailes recouvraient l'herbe d'un manteau noir bleuté.

Presque malgré lui, parce que c'était une habitude, il s'élança pour les effrayer.

Ils s'envolèrent en croassant.

Les vaches de l'abbaye de Jumièges étaient bien là...

Jean se détourna pour vomir.

Chapitre 3

Vêtu d'une longue cotte de drap écru, Drogtegand, le doyen du village, s'était levé tôt ce matin-là. Depuis quelques jours, il dormait mal, en proie à une sourde angoisse.

Ce soir, on fêterait le loup vert et, comme d'habitude, l'étrange cérémonie libérerait les démons enfouis en chacun.

— Drogtegand ! Drogtegand !

Le vieil homme redressa sa haute taille, saisit son bâton de coudrier et sortit sur le pas de la porte. Un jeune gars, livide, le visage en sueur, s'effondra à ses pieds. C'était Jean, le vacher qui travaillait pour les moines de Jumièges.

— Calme-toi ! ordonna le doyen en l'aidant à se relever.

— Du sang ! Partout du sang ! bégayait l'autre en roulant des yeux affolés.

L'Ancien le fit asseoir sur son banc et sortit de sa

bourse une fiole dont il le força à avaler quelques gouttes.

Le gars s'empourpra d'un coup, toussa, puis son visage reprit une teinte normale.

Pendant ce temps, attirés par les cris, les villageois s'étaient rassemblés, formant un cercle compact où tout le monde parlait en même temps.

— Écartez-vous !

Ils obéirent et le silence se fit.

— Et toi, parle ! jeta Drogtegand.

— Ce matin, à l'aube, j'ai mené les vaches de l'abbaye au pré, fit Jean d'une voix sourde. Et... Une... fois dans l'enclos, je suis parti ramasser du bois...

Était-ce son regard ou sa soudaine rougeur ? Drogtegand comprit qu'il ne lui disait pas la vérité.

— Pourquoi as-tu quitté tes bêtes ? demanda-t-il avec sévérité.

L'autre avait baissé la tête sans répondre.

— Allez, va. Nous verrons cela plus tard.

— Quand je suis revenu... Y avait une drôle d'odeur... Fade, écœurante, et je n'ai pas compris tout de suite.

— Tu étais parti longtemps ?

— J'sais pas, murmura Jean, mal à l'aise.

— Continue.

— Y avait pas un bruit. Et pour cause, elles étaient couchées dans les herbes hautes... J'ai passé la barrière, me suis approché...

La frayeur lui agrandissait les yeux.

— Elles étaient mortes... La gorge déchiquetée, le ventre tout pareil... Y avait du sang et des tripes partout...

Un murmure effrayé parcourut les curieux dont les rangs se resserrèrent.

— Toutes mortes, et tu n'as rien entendu quand tu ramassais ton bois ? insista le doyen. Pas de beuglements ? S'il y avait une bête sauvage dans l'enclos, elles ont dû essayer de lui échapper...

Jean restait muet. L'Ancien faillit le secouer pour qu'il avoue son mensonge. Puis il suivit son regard et aperçut la jeune Aubrée qui se haussait sur la pointe des pieds pour le voir, toute pâle. Il ne serait pas nécessaire d'interroger ces deux-là, il avait compris.

Ses pensées revinrent à ce qui l'inquiétait, qui lui rappelait...

— Tu as touché les cadavres ?

— Non ! Oh non ! J'suis parti en courant, j'avais trop peur que ce qui les avait tués ne soit après moi.

— Tu as bien fait.

Le garçon s'était tassé sur lui-même. Les gens murmuraient. Un chasseur les avait rejoints, son arc en travers du dos, un coutel et une hachette passés à sa large ceinture. La mine assombrie par ce qu'il venait d'entendre, il s'était frayé un passage jusqu'à l'Ancien.

Drogtegand se redressa, passant sa main dans sa barbe couleur de miel.

Malgré son grand âge, il les dominait tous de sa haute taille. Le regard de ses yeux bridés se perdit au loin, mais cela ne dura qu'un instant. Bien vite, il ramena son attention vers ses villageois, ses « enfants » comme il les appelait. Autour de lui on s'affolait, certains parlaient de s'enfermer à double tour, d'autres voulaient voir les cadavres.

— Seuls iront ceux que je désignerai ! trancha-t-il.

Le silence se fit aussitôt. La voix du vieil homme s'enfla, terrible :

— Le danger est là ! Ce sont peut-être les bêtes griffues qui sont revenues. Peut-être autre chose...

Un frisson courut dans l'assemblée.

— Je veux des gardes armés aux entrées du village. Et que les femmes et les enfants restent sous la protection de la palissade. Une dizaine d'hommes m'accompagneront et toi, le chasseur, tu m'aideras à trouver les traces.

L'homme hocha la tête et porta instinctivement la main à son long couteau. Le sage désigna l'une des femmes qui se signa.

— Va chercher Gisla la guérisseuse. Dis-lui que j'ai besoin d'elle !

Enfin, il se tourna vers le forgeron.

— Landric, préviens l'abbé de Jumièges, racontelui la mort de son troupeau, qu'il envoie quelqu'un nous rejoindre au pré. Et faites sonner l'alerte !

Quelques instants plus tard, dans toute la presqu'île, retentissait l'appel lugubre des cors.

Chapitre 4

Des corbeaux tournoyaient toujours au-dessus du charnier. Quelques-uns s'étaient à nouveau abattus sur les cadavres, y plantant leurs becs. D'autres hésitaient encore, se dandinant à distance. L'arrivée en force des villageois et des moines les fit s'envoler.

— Un vrai massacre, déclara Drogtegand dont le regard aigu avait balayé l'enclos.

Il se tourna vers l'homme qui se dressait à ses côtés : un religieux au physique imposant, une lourde croix d'or sur sa robe noire. Le prieur Adalbert hocha la tête d'un air effaré. Il ne s'attendait pas à une telle boucherie.

Gisla la guérisseuse, une femme à la carrure aussi large qu'un homme, à la lèvre supérieure barrée de l'ombre d'une moustache, se glissa sous la barrière.

Des paysans allaient lui emboîter le pas. Elle les arrêta d'un geste.

Seuls Drogtegand, le frère prieur et le chasseur la suivirent.

L'odeur fade du sang assaillait les narines, l'herbe était piétinée, brunâtre, couverte de paquets de viscères fumants. Le petit vacher n'avait pas menti, le spectacle était terrifiant. Les vaches avaient été saisies par la mort dans d'étranges et terribles poses, comme après une bataille ; elles gisaient agenouillées pour certaines, sur le dos pour d'autres, têtes renversées, yeux révulsés.

— Elles ont essayé de fuir..., murmura le prieur qui réprima à grand-peine un haut-le-cœur.

La mort avait pris l'une d'elles alors qu'elle voulait franchir la palissade, ses pattes étaient restées coincées entre les lattes de bois, son dos massif était recouvert d'entailles si profondes qu'on lui voyait saillir les os. La guérisseuse s'agenouilla, chassant les mouches qui s'agglutinaient. Elle observa un long moment la dépouille puis se releva et rejoignit Drogtegand :

— Ordonne aux hommes d'aller chercher du bois !

— C'est ce que je crois ? demanda l'Ancien qui avait blêmi.

— Je le crains.

— Je ne vous comprends pas, la guérisseuse, fit le prieur, que voulez-vous dire ?

— Je veux dire, révérend prieur, qu'il vaut mieux les brûler !

Le religieux fit signe aux moines qui attendaient ses ordres d'aider les paysans.

De la forêt déboucha bientôt un chariot empli de bois sec tiré par de solides chevaux qui aideraient à traîner les cadavres au bûcher.

Le chasseur, qui avait fait le tour du pré, était revenu vers l'Ancien.

— Dans leur affolement, les bêtes ont tout piétiné. Il n'y a aucune autre trace que les leurs.

— C'est ce que je craignais, dit Drogtegand.

— Pourtant, leurs cadavres nous parlent, reprit le chasseur. La forme des plaies, leurs profondeurs... C'est l'empreinte des bêtes griffues.

— Nous ne sommes pas en hiver. En ce moment, le gibier abonde. Pourquoi s'en prendraient-elles à un troupeau, surtout à des vaches ? Si elles sont affamées, elles préfèrent, tu le sais comme moi, des proies plus faibles : moutons, chevreuils...

Le chasseur hésita :

— C'est pour ça que c'est elles, sans être elles...

— Que veux-tu dire ?

L'homme se pencha, pour que seul l'Ancien saisisse ce qu'il lui murmura à l'oreille :

— Les bêtes griffues auraient commencé à dévorer leurs proies, au lieu de ça, celle-là a tué pour le plaisir...

— Continue !

La voix de Drogtegand avait claqué.

— Vous savez bien de quoi je veux parler ! Nous sommes au solstice d'été...

— Non, je ne sais pas ! Tout ça n'est que superstition !

Le chasseur baissa la tête et se tut. Mais l'Ancien n'ignorait pas qu'il ne pourrait l'empêcher de parler.

Bientôt, leur bon sens envolé, les villageois prononceraient les mots de « démons », de « malédictions », de « loup vert ». Les croyances tout comme les peurs étaient tenaces, et il avait parfois bien du mal à combattre les unes et les autres.

Il s'appuya plus lourdement sur son bâton et reprit le chemin du village.

Le bûcher s'embrasait.

Une fumée aux relents de chair brûlée s'éleva.

Chapitre 5

Le son familier des cors venu du village avait donné un sursaut d'énergie à Héloïse qui avait quitté la sente et s'était jetée dans les fourrés. Si c'était un sanglier qui la poursuivait, il continuerait tout droit, aveuglément.

Si c'était autre chose...

Dans sa fuite, elle avait perdu ses souliers mais ne s'en souciait pas plus que des ronces qui déchiquetaient son corsage et lacéraient ses mains.

Il lui semblait toujours entendre un bruit derrière elle, mais cela aurait pu tout aussi bien être celui, affolé, de son cœur.

Elle courait, les vêtements trempés de sueur, la poitrine en feu. Ses cheveux s'étaient défaits et s'accrochaient aux branches. Malgré cela, elle ne ralentissait pas, sautant par-dessus les obstacles, troncs morts ou pierres en travers de son chemin. Elle avait l'intuition que l'autre était toujours là.

L'autre, ou les autres... Si ce n'était pas un sanglier, peut-être étaient-ce des loups ?

Ces derniers temps, les chasseurs n'avaient-ils pas parlé de traces de bêtes griffues du côté de Saint-Wandrille, à quelques lieues de là ? Elle savait bien qu'elles s'attaquaient rarement aux hommes, sauf en temps de grande famine. Pourtant...

À ce moment retentirent les cloches de l'abbaye de Jumièges. Elle reconnut entre mille ce signal répété. C'était le tocsin, qui se répercutait sous le couvert des arbres et cela la terrorisa.

Quel terrible danger annonçait-il ?

Elle imaginait déjà les chemins vides, la place du village déserte, les portes et les volets barricadés, l'abbaye en état de siège.

Et elle, toute seule avec cette chose.

Cette ombre derrière elle.

Héloïse faillit ralentir, s'abandonner... mais un sursaut de panique la relança en avant. Elle se mit à zigzaguer comme un lièvre qui essaye d'égarer le chasseur.

Combien de temps passa ainsi ?

Il lui sembla que c'était une éternité.

Le souffle lui manquait. Elle avait le sentiment inquiétant que l'autre la talonnait, qu'il gagnait du terrain.

Pourtant elle ne l'entendait plus.

Une part d'elle aurait voulu croire que c'était son

imagination qui lui jouait des tours, mais son instinct lui disait de ne pas s'arrêter, que ce qui la suivait, que ce qui se rapprochait voulait sa mort.

Le loup vert. Et si c'était lui ?

Elle se rappelait les légendes que lui contait sa nourrice. Tantôt elle l'imaginait comme un loup géant, vert comme la Profonde, la forêt des légendes où il régnait en maître, tantôt comme un monstre à face de loup et à corps humain qui dévorait les enfants... Pour les habitants de la presqu'île, il existait bel et bien et renaissait chaque année au solstice d'été.

Et ce frôlement léger, rapide.

À croire qu'il ne touchait pas le sol.

Qu'il flottait au-dessus tel un spectre !

Elle trébucha et se rattrapa aux branches d'un arbre auquel, l'épuisement venant, elle s'adossa, haletante.

Le tocsin résonnait toujours.

Elle chercha son poignard, mais l'étui était vide, il avait dû tomber pendant sa fuite. N'y tenant plus, elle jeta un coup d'œil rapide derrière elle.

Tout était si sombre. Pourtant, au milieu de cette noirceur, elle discerna une forme plus noire encore.

Héloïse hurla et repartit... avant de perdre l'équilibre et de basculer dans le vide, les mains en avant.

II

L'ÉCUYER

Chapitre 6

Mon nom est Michel de Gallardon.

Je suis écuyer.

Après un an au château de La Roche-Guyon[1], cette sombre forteresse où m'avaient été enseignés la peur, la patience et le métier des armes, j'étais parti au service de sire Raoul pour découvrir le monde et devenir enfin celui que je rêvais d'être : un chevalier. Mais pas n'importe lequel, le meilleur. Un preux, un paladin !

Six mois que je chevauchais sans trêve.

Six mois que sire Raoul ne desserrait pas les dents autrement que pour me donner des ordres. Je retrouvais chez lui une rudesse qui me rappelait celle de mon père, mais la ressemblance s'arrêtait là. Quand il ne galopait pas jusqu'à l'épuisement, mon maître priait comme si sa vie en dépendait.

1. Voir *Le Seigneur sans visage*, Flammarion jeunesse.

Pour moi, au lieu des batailles et des exploits dont je rêvais, je chassais pour le nourrir – même s'il mangeait à peine – je ramassais du bois pour le feu, allais chercher de l'eau, pansais et étrillais les chevaux.

Et le soir venu, pendant mon tour de garde, je nettoyais ma lame en rêvant de tournois.

J'attendais...

Ce n'était pas ainsi que j'avais imaginé ma vie aux côtés d'un guerrier dont on m'avait vanté les exploits. Mais que savais-je de la vie, moi, le fils aîné du seigneur de Gallardon ? Moi qui n'avais pas encore gagné mes armes de chevalier ?

En entendant sonner les cors, j'avais touché, comme par réflexe, la petite croix d'argent à mon cou, souvenir de ma mère, et caressé le pelage brun-rose de mon hermine apprivoisée, dont les griffes s'étaient enfoncées dans mon pourpoint.

— Calme, petite sorcière, calme ! murmurai-je.

Le museau humide de Maiole, c'est ainsi que je l'avais nommée en souvenir du jour de mai où je l'avais sauvée des dogues de mon père, effleura mon cou, la pression des pattes se relâcha.

— Nous arrivons à l'abbaye de Jumièges, avait déclaré sire Raoul en retenant son destrier.

J'avais conduit mon cheval près du sien. Une bourrasque chargée d'une odeur âcre de sel et d'algues m'avait fouetté le visage. Nous étions au bord d'une falaise. En contrebas coulaient les eaux tumultueuses de la Seine.

J'avais essuyé la sueur qui dégoulinait de mon front, me réjouissant à l'idée de me laver aux étuves et de dormir autrement qu'à la belle étoile. Mon regard s'était posé sur la rive où se dressait l'abbaye, ses remparts surplombant le fleuve. Quelques maisons se lovaient près d'elle et tout autour, à perte de vue, s'étendait une forêt sombre, inextricable, que survolaient des centaines de corbeaux.

— Mon cadet, Augustin, est frère hôtelier ici. Nous ne nous sommes pas vus depuis mon départ du château familial voici bientôt dix ans, me confia le chevalier.

Il ne m'en avait jamais tant dit.

C'était un drôle d'homme que mon maître, d'une taille hors du commun, habillé, tels les croisés, d'un bliaud orné d'une croix de tissu rouge, les épaules recouvertes d'un mantel blanc comme un linceul. Il avait le teint cuivré, un visage aux pommettes saillantes et, malgré son âge, des cheveux blancs coupés très court.

Je ne savais de lui que ce que le sire de La Roche-Guyon m'avait confié :

— C'est le meilleur maître que vous puissiez trouver. Un magnifique combattant et un juste.

Puis, dame Morgane, son épouse, m'avait embrassé sur le front.

— Que Dieu vous garde, Michel de Gallardon.

Dame Morgane... Je ne pouvais penser à elle sans un serrement de cœur. Et si, bien malgré moi, ses traits, le son de sa voix et son parfum s'effaçaient de ma mémoire, je n'oubliais ni sa douceur ni sa beauté ni la force qui l'animait malgré son extrême jeunesse.

Je n'oubliais pas que je l'avais aimée.

— Le bac arrive. Allons !

La voix de sire Raoul m'avait arraché à mon accès de mélancolie.

Sur le fleuve glissait un grand radeau, guidé par des cordages.

Le chevalier avait engagé son destrier dans un étroit sentier qui courait à flanc de falaise. Je l'avais suivi, priant pour que nos montures ne basculent pas dans le vide comme les pierres qui roulaient sous nos fers.

Au loin, le croassement des corbeaux s'était amplifié. Une lourde fumée s'était élevée dans le ciel. Un sinistre pressentiment m'avait envahi.

Chapitre 7

Nous avions quitté la berge, et le grand radeau de rondins, se déplaçant le long d'une traille, glissait lentement sur la Seine, faisant grincer sa poulie. J'aperçus, sur la rive en face, un berger qui attendait avec ses moutons.

Un fort courant nous arrivait par le travers, mais le batelier et son aide tiraient ferme sur le long câble qui se tendait au-dessus de l'eau noire.

Fasciné, j'observais la manœuvre tout en maintenant les rênes des destriers que la proximité de l'eau et l'instabilité du bac rendaient nerveux. Mon hermine avait disparu dans la sacoche que je portais à l'épaule, s'y enfouissant dans les chiffons qui lui servaient de couche.

Les yeux de sire Raoul fouillaient la rive vers laquelle nous nous dirigions et son visage s'éclaira en voyant apparaître, au détour du chemin, la petite silhouette d'un moine. Le vent rabattait des volutes noires vers le fleuve.

Soudain, les cloches de l'abbaye s'étaient mises en branle, sonnant le tocsin.

Pendant un court instant, tout le monde s'était figé, les bûcherons qui avaient embarqué avec nous, leurs lourdes haches à l'épaule, s'étaient tus.

Je vérifiais la présence rassurante de mon épée sur ma hanche. Mon regard avait croisé celui du chevalier. Une odeur terrible, nauséabonde, assaillait nos narines, agissant sur nous comme un signal invisible. Il fallait gagner la rive au plus vite. Les passeurs s'étaient arc-boutés sur le filin. Les bûcherons étaient venus à leur rescousse, saisissant à pleines mains le traillon.

De mon côté, j'avais fort à faire, les chevaux encensaient, frappaient les rondins, leurs mouvements brusques risquant de nous faire chavirer.

Le berger et son troupeau avaient disparu. À l'aide de poulies, des pêcheurs remontaient en hâte leurs barques sur le rivage. Le moine, vêtu de l'habit noir des Bénédictins, avait rejoint le débarcadère.

Le bac approchait, filant au milieu des roseaux, faisant s'envoler des dizaines de canards. Nous avons heurté la terre. Le passeur avait fait tomber sa passerelle de bois.

J'avais le sentiment, tout en guidant les chevaux vers la terre ferme, de me jeter droit dans les mâchoires d'un piège. Pourtant à ma peur se mêlait de l'excitation. Après ces six mois durant lesquels l'inaction m'avait pesé, trouverais-je enfin ici occasion de me battre ? De devenir chevalier ?

Tout comme mon maître, je savais que les incendies ne dégagent pas une odeur de cadavres carbonisés...

Chapitre 8

Le moine qui s'était avancé vers nous avait le visage lisse et doux de quelqu'un que la vie a épargné et je songeais en le voyant qu'il ne devait guère être plus âgé que moi.

Mon maître et lui s'étreignirent maladroitement avant de s'écarter. Si dix ans avaient passé, le moine devait être un enfant au moment du départ de son aîné.

— Mon écuyer, Michel de Gallardon, me présenta le chevalier.

Le regard clair du moine se posa sur moi.

— Dieu vous garde, jeune sire ! Je suis Augustin, l'hôtelier de l'abbaye.

— Pourquoi le tocsin ? demanda mon maître.

— Je ne sais pas, mon frère, mais hâtons-nous !

Les autres passagers avaient disparu et nous étions seuls, maintenant. Des corbeaux passaient au-dessus de nous en croassant. Quant aux passeurs, ils s'étaient hâtés de regagner le mitan du fleuve, glissant vers la sécurité de l'autre rive.

Le chevalier sauta en selle et tendit la main à Augustin qui, malgré sa robe, se plaça en croupe avec agilité. J'allais les imiter quand un bruit attira mon attention.

À quelque distance de l'embarcadère, l'anse s'achevait sur une montée fort raide. Les racines des arbres y affleuraient et des troncs y avaient basculé dans le vide.

Au milieu d'un nuage de poussière, ce que je crus d'abord être un amas de cailloux et de branchages venait de dégringoler jusqu'à la berge.

J'écarquillais les yeux.

— Messire !

J'attachai ma monture à une souche et me précipitai vers un corps gisant face contre terre. C'était une jeune fille, les pieds en sang, les vêtements déchirés et souillés. La peau marquée de longues éraflures.

Je m'agenouillai et la retournai avec douceur, écartant sa lourde chevelure rousse emmêlée de brindilles. Elle avait un visage enfantin couvert de taches de rousseur, la peau très pâle, un petit nez retroussé. Son souffle était faible et je restais à la regarder.

— Damoiselle Héloïse ! murmura frère Augustin, m'arrachant à ma contemplation.

Il palpa rapidement les membres à travers le tissu de sa robe, faisant jouer les articulations, avant de glisser ses doigts dans les cheveux roux.

— Elle ne semble pas sérieusement blessée…

Au moment où il prononçait ces mots, la jeune fille ouvrit les yeux et son regard couleur d'océan croisa le mien avant de s'agrandir dans une expression d'intense terreur.

Elle s'était raidie et fixait un point derrière moi, en haut du remblai.

— Le loup vert ! Le loup…

Je m'étais retourné d'un coup, scrutant les buissons qu'agitait le vent. Il me sembla apercevoir une ombre qui disparut aussitôt. Mais cela avait été si rapide, peut-être l'avais-je rêvé ?

— Ne vous inquiétez pas, damoiselle de Bois-Robert ! déclara le petit moine. C'est frère Augustin. Il n'y a personne d'autre que nous. Et ce jeune homme est l'écuyer de mon frère. Vous n'avez rien à craindre.

Malgré cette voix apaisante, Héloïse de Bois-Robert s'agrippa à mon bras.

— Chevalier, je vous jure que quelque chose me poursuivait. Mais ce n'était pas un humain ni un animal sauvage… Je suis fille de seigneur et n'ai pas peur de la mort…

Elle secoua la tête. Son regard n'était plus aussi affolé.

— Vous allez penser que je suis folle...

— Jamais je ne croirai cela, gente damoiselle. Appuyez-vous sur moi, je vais vous aider à vous lever.

Elle obéit, mais ses jambes vacillaient.

— Le loup vert, murmura-t-elle pour elle-même. Ce ne pouvait être que lui. Sinon quoi d'autre ?

— Pouvez-vous marcher ?

J'avais glissé mon bras sous son aisselle et la sentais trembler.

— Partons ! ordonna sire Raoul qui nous avait rejoints avec les chevaux.

Je sautai en selle, attrapai la main que me tendait Héloïse et la hissai devant moi. Elle était légère et ses cheveux sentaient la menthe.

— Tenez bon l'arçon ! lui conseillai-je, tout en refermant mon bras libre autour de sa taille.

Je talonnai mon cheval. Passant devant des maisons aux volets clos, nous remontâmes au galop le chemin blanc qui conduisait à Jumièges.

Chapitre 9

Vu de loin, le monastère avait fière allure. Pourtant, alors que nous approchions, je constatais que par endroits des brèches s'étaient ouvertes dans les remparts et que les toitures elles-mêmes étaient en piteux état.

J'aperçus les flèches d'une église aussi hautes que celles de la cathédrale de Chartres. Nous passions devant un large portail de bois renforcé de barres de métal noirci, aussi engageant que celui d'un château fort.

Le chevalier mit pied à terre et frappa à une poterne.

Un long moment passa avant que ne s'ouvre un guichet de fer où, derrière un grillage, apparurent deux yeux inquiets.

— Qui va là ? demanda une voix craintive.

— C'est moi, frère Augustin !

Un silence.

Je descendis de cheval. La jeune fille ne disait rien, mais se retournait fréquemment vers la forêt.

— Il n'y a personne, damoiselle.

— Vous ne savez pas, messire..., murmura-t-elle. Vous ne pouvez pas savoir, vous n'êtes pas d'ici.

Devant la poterne qui ne s'ouvrait toujours pas, Augustin s'énervait.

— Dépêche-toi, Geoffroy ! Je suis avec mon frère, le chevalier Raoul, son écuyer et damoiselle Héloïse de Bois-Robert.

Était-ce l'évocation de ce dernier nom ? Il y eut enfin un bruit de clés et le battant s'ouvrit en grinçant. La jeune fille se courba sur l'encolure de mon cheval alors qu'il passait sous l'arche.

Nous pénétrions dans une vaste cour dallée que longeaient des bâtiments monastiques.

Le portier, un homme maigre, aux gestes nerveux, vêtu d'une longue tunique de toile grise, referma prestement la porte et allait tourner les talons pour se réfugier dans sa loge quand Augustin le héla :

— Pas si vite, Geoffroy, pas si vite ! Explique-nous pourquoi on sonne le tocsin ? Que se passe-t-il ?

Le serviteur haussa les épaules.

— J'sais pas.

Un soupir échappa au petit moine, qui marmonna :

— La patience du Seigneur est infinie, et il faut en tout point essayer de se conformer à son divin exemple.

Puis, plus haut :

— Geoffroy, il se trouve que tu es le portier de l'abbaye, une charge héréditaire pour ta famille.

— Oui, mon frère.

Je me demandais où le moine voulait en venir.

— Nul ne peut entrer ou sortir sans que tu ne le voies, n'est-ce pas ?

— C'est vrai ! approuva Geoffroy en bombant le torse.

— Alors, qui as-tu vu depuis que je suis allé à l'embarcadère ?

L'autre fronça les sourcils dans un effort de concentration.

— Cela oui, je peux vous le dire.

Je sentis, ainsi que le portier, que la « divine » patience d'Augustin atteignait ses limites.

— Le forgeron Landric est venu demander après le père abbé, jeta Geoffroy, ensuite, le prieur est reparti avec lui et cinq de nos frères. Ils parlaient de vaches...

— De vaches ?

— Oui, comme je vous le dis.

Je n'écoutais plus, l'attention attirée par un groupe de moines. Les capuches masquant leurs traits, ils passaient sous un porche, mais rien dans leur attitude n'évoquait le recueillement ou la prière. Ils marchaient vite, des gourdins et des fourches à la main et l'un d'eux portait en travers de ses épaules un rouleau de corde ou un filet...

Ils disparurent de mon champ de vision et je me tournai à nouveau vers mes compagnons.

— Venez, allons à l'hôtellerie, proposait frère Augustin, nous déposerons la damoiselle de Bois-Robert à l'infirmerie.

Le chevalier et son frère marchaient devant nous en discutant. Je guidais les chevaux, jetant de temps à autre un coup d'œil à ma protégée qui paraissait plus détendue depuis que nous avions pénétré dans l'enceinte.

Des poules s'enfuyaient à notre approche. Sur un banc de pierre étaient assis deux moines, un jeune et un vieux. Le vieux somnolait. Le jeune parlait tout seul, en jetant des cailloux par terre. Il roulait des yeux effarés, gémissant en se balançant d'avant en arrière.

— Héribert, Héribert ! grinçait-il, la voix filant dans les aigus.

— Héribert est mort et enterré, Drogon ! grommela son compagnon que son manège avait réveillé. La crécelle des morts a retenti, tu te souviens ?

Ces paroles ne firent qu'aggraver l'agitation du malheureux.

— Héribert, Héribert ! répéta-t-il encore, la bave lui montant aux lèvres.

— Silence ! fit le vieux moine en lui assénant une claque sur l'épaule.

Le fou se tut aussitôt en se recroquevillant sur lui-même et son compère referma les paupières.

Je me demandais qui était cet Héribert pour qui on avait sonné la crécelle des morts et dont le décès effrayait tant ce jeune religieux. Ni mon maître ni son frère, qui étaient déjà loin devant nous, n'avaient paru entendre cet étrange conciliabule.

Un peu plus loin, un autre moine balayait mollement la terre qui s'était amassée sur le dallage. Partout, des tas de pierres recouverts de mousse grise et des herbes folles attestaient de l'abandon de Jumièges.

Je songeais à part moi que s'il y avait eu un âge d'or, il était loin derrière. Cela me rappelait le château de La Roche-Guyon ; là-bas aussi, j'avais entendu les corbeaux et le son rauque des cors, là-bas aussi, il y avait eu des présages de mort auxquels je n'avais pas cru...

Un jeune seigneur venait d'apparaître, sortant d'une salle basse. Il parlait avec véhémence à un grand et solide moine qui lui tenait tête, visiblement furieux.

Tous deux s'interrompirent net en nous voyant

et le moine disparut à nouveau dans la pénombre de la bâtisse.

À leur vue, ma petite cavalière s'était animée. Du rose était monté à ses joues trop pâles.

— Messire de Beaumont ! s'écria-t-elle.

— Damoiselle Héloïse !

Plus grand que moi, mince et richement vêtu, le jeune homme s'approcha d'un pas décidé. Son visage était beau, ses yeux gris et tourmentés.

Il me déplut tout de suite. Et sans doute, la façon dont il regarda la jeune fille n'y était pas étrangère.

— Par le sang bleu ! Que vous est-il arrivé, damoiselle ? s'écria-t-il. Vous êtes blessée ?

— Non, non, rien de grave, messire, protesta-t-elle en rougissant.

Avant que j'aie pu faire un geste, il l'avait saisie par la taille et posée à terre.

— À qui ai-je l'honneur ? me demanda-t-il soudain comme s'il venait tout juste de s'apercevoir de ma présence.

— Mon nom est Michel de Gallardon, je suis l'écuyer de sire Raoul.

— Un écuyer...

Il avait prononcé le mot avec tant de mépris que mon sang ne fit qu'un tour. Mais je n'eus pas le temps de répliquer qu'Héloïse protestait :

— Sans ce gentilhomme et ses compagnons, messire, je serais sans doute morte.

— Pardonnez-moi, damoiselle Héloïse. De vous voir ainsi m'a fait perdre le sens. Venez, je vais vous conduire à l'infirmerie.

Il ôta sa lourde cape et la posa avec douceur sur ses épaules, puis se tourna vers moi.

— Merci de m'avoir ramené ma fiancée, Michel, et ne me tenez pas rigueur de ma rudesse, elle n'était due qu'à mon extrême inquiétude. Mon nom est Gautier de Beaumont, seigneur de Meulan.

L'homme semblait cordial, mais il me déplaisait toujours autant, sa façon de m'appeler par mon prénom, de dire « ma fiancée »... J'aurais voulu lui jeter au visage la grandeur des Gallardon, leur fortune. Parler de nos châteaux, de nos moulins, de nos péages, de notre position par rapport au comté de Chartres... Mais je restais muet et le laissais s'éloigner avec la damoiselle de Bois-Robert.

— Michel ! appela la voix de sire Raoul.

Chapitre 10

Mon maître referma la porte de notre cellule et se tourna vers moi.

— Que penses-tu de cette abbaye, Michel ? me demanda-t-il.

— Eh bien...

J'hésitais. Devais-je vraiment lui dire ce que je ressentais ?

— Quel maître suis-je donc que tu hésites à te confier à moi ?

— Un maître bien silencieux, messire.

Un mince sourire détendit ses lèvres fines. Je m'enhardis, encouragé par cette soudaine intimité.

— Ma foi, messire, tout paraît à l'abandon. Or je me souviens que mon père m'a affirmé que la règle des Bénédictins prévoyait égale part de prières et de travail... Et ce n'est pas seulement ça...

— Continue.

— Je croyais que les moines devaient respecter

la règle de silence. J'ai vu plusieurs d'entre eux parler. Même en notre présence.

— Tu as raison. Je me demande ce que mon frère pense de tout cela.

Il resta pensif un bon moment.

— Votre frère est si jeune, messire...

— Et toi, quel âge as-tu, Michel ? Dame Morgane a dû me le dire, mais je l'ai oublié.

— Qui peut savoir son âge à l'année près ? Quinze ou seize hivers ?

— À peu de chose près comme Augustin. Quand il s'est donné à Jumièges, il ne devait pas avoir dix ans.

— Je croyais que l'Église ne voulait plus des oblats.

— C'est vrai que cela ne se pratique plus guère. Mais mon père m'a dit qu'Augustin avait fait lui-même ce choix d'être un oblat, un « donné à Dieu ». Je n'étais pas là à l'époque. Je guerroyais en Orient.

Il se redressa brusquement comme si c'était là un sujet qu'il voulait éviter.

— Voilà bientôt six mois que j'ai promis au sire de la Roche de t'enseigner la chevalerie, Michel. Jumièges est une des étapes de cet enseignement, tout comme les mois de silence et d'humble travail qui l'ont précédé. Demain, nous nous lèverons à l'aube et nous irons sur le pré. Il est temps que je voie comment tu manies le fer.

Je hochais la tête, mon maître reprenait :

— En attendant, range nos harnois et assure-toi que nos chevaux sont bien traités.

— Oui, messire.

— Nous nous retrouverons à vêpres.

Il sortit brusquement et je me laissais tomber sur ma paillasse après avoir vérifié qu'il n'y courait aucune vermine.

Je parcourus des yeux la cellule que nous avait réservée frère Augustin. La chaux des murs s'effritait mais tout était propre et aéré. Des oreillers de crin et des couvertures étaient empilés sur un tabouret. Une chandelle de suif et une jarre emplie d'eau claire reposaient sur un pupitre bancal. Une meurtrière, fermée d'épais barreaux, donnait sur un verger où pourrissaient des pommes.

Je repensais aux paroles de mon maître.

Ainsi ces longs mois de silence et de solitude faisaient partie de mon apprentissage... C'est vrai qu'au début, la présence de mes camarades écuyers de La Roche-Guyon me manquait, tout comme nos bavardages et nos affrontements de jeunes lions... Cela avait été difficile de se retrouver avec cet homme taciturne, puis je m'y étais habitué. Seul mon ami, Thomas, me manquait toujours. J'entendais sa voix, ses rires. J'aurais aimé qu'il soit là.

Je restais un moment à ranger nos affaires, suspendant la cape de sire Raoul à un clou, rangeant nos selles au pied des lits.

Maiole, mon hermine, était sortie de ma sacoche. Après avoir lissé la fourrure blanche de son ventre, elle s'était mise à inspecter la chambre, furetant dans tous les coins avant de se glisser entre les barreaux.

Je m'approchai de la meurtrière et l'observai.

Dressée sur ses pattes arrière, au pied d'un pommier, le museau frémissant, elle allongeait démesurément le cou pour regarder autour d'elle. Sa tête ovale tournant de droite et de gauche. Enfin, ma « petite sorcière » retomba sur ses pattes et disparut en rampant entre les hautes herbes.

À chaque fois qu'elle partait ainsi, je me demandais si je la reverrais...

Mais il y avait un lien étrange entre nous depuis que je l'avais sauvée.

Habile chasseuse de lézards, de grenouilles, de souris et même d'escargots, elle n'avait pas besoin de moi, pourtant, elle revenait toujours.

Je décidais de sortir, moi aussi. Cette histoire de loup vert me tracassait, tout comme l'ombre que j'avais cru entrevoir en haut du remblai. Avais-je rêvé ? Pour en avoir le cœur net, il me fallait retourner près de l'embarcadère.

Chapitre 11

Je refermai la porte de chêne et, après un bref coup d'œil, empruntai un long couloir qui me mena au dortoir. Il y avait là une vingtaine de paillasses et de la place pour en mettre le double. Une odeur de menthe poivrée montait des feuilles qui jonchaient le dallage. L'endroit était vide et glacé.

C'est en me retrouvant à l'air libre que je pris conscience du silence. Les cloches de Notre-Dame avaient cessé de sonner. Je traversais la cour, frappant au vantail de la loge qui s'entrebâilla aussitôt, laissant apparaître le visage anxieux du portier.

— C'est moi, Michel de Gallardon. Peux-tu m'ouvrir la poterne, l'ami ?

Geoffroy m'observait par en dessous, en tripotant l'énorme trousseau de clés qui pendait à sa ceinture.

— C'est la première fois que vous venez à Jumièges, messire.

Ce n'était pas une question pourtant j'y répondis affirmativement. Il se pencha et ajouta plus bas :

— C'est un pays qui ne ressemble pas aux autres. Même pour moi qui suis né ici... Mieux vaut ne pas sortir un jour comme celui-là, jeune sire, croyez-moi. Demain, tout sera différent. Les ténèbres et leur prince seront chassés, mais aujourd'hui...

— Que veux-tu dire ?

Mais il s'était tu. Le regard braqué vers un religieux qui se dirigeait vers nous. Grand, la démarche décidée, ce dernier avait davantage l'air d'un bourgeois que d'un homme d'Église. Je reconnus en lui le moine qui discutait avec le sire de Beaumont avant que notre arrivée ne le chasse.

— Le bonjour, sire écuyer, dit-il avec cordialité. Que Dieu vous ait en sa sainte protection. Je suis frère Jocelin, le sacristain.

Son visage était carré et son regard clair ne cillait pas. Il me fut tout de suite sympathique.

— Je suis Michel, l'écuyer du chevalier Raoul.

— Ah oui, frère Augustin m'avait prévenu de votre venue. Mais je bavarde... C'est un de mes défauts. Heureusement, je ne suis pas toujours obligé de respecter la règle de silence comme mes frères.

Je songeais une nouvelle fois que je n'avais pas vu grand monde l'observer et demandai :

— J'avoue ne pas savoir l'étendue de vos fonctions, mon frère.

— Mon rôle est d'entretenir nos églises – il y en a deux dans l'enceinte – mais aussi de veiller à l'entretien des bâtiments, de faire rentrer le foin pour couvrir le sol de nos salles, de payer les ouvriers. Mais pardonnez-moi, il me faut vous quitter, on m'attend à la salle capitulaire.

Il se tourna vers le portier.

— As-tu vu frère Thibaud ? Le père abbé le cherche.

— Non, frère sacristain. Et je ne l'ai point vu sortir.

Une expression contrariée déforma le beau visage de frère Jocelin.

— À vous revoir, sire Michel. Au fait, sans indiscrétion, vous avez un accent... (Il hésita) Du pays chartrain, je dirais.

— Par ma foi, vous êtes fort habile, mon frère, ou natif de par chez moi, fis-je, surpris. Mon père est le seigneur de Gallardon. Nous vivons à quelques lieues du comté de Chartres.

Il me regarda bizarrement, et baissa la voix :

— On peut être moine et avoir vécu plusieurs vies, n'est-ce pas ?

Il repartit sans me laisser le temps de m'étonner de cette singulière remarque venant d'un officier de l'abbaye. Je me tournai à nouveau vers Geoffroy.

— Il vous l'a pas dit mais y s'occupe aussi des morts, grommela-t-il en gardant les yeux fixés sur la silhouette qui s'éloignait. L'est point malheureux, allez. J'voudrais bien sa place. Au chaud et au sec plus qu'un autre, la panse remplie et le vin à volonté dans son bol...

— De quoi parles-tu ?

Le portier baissa les yeux, conscient d'en avoir trop dit, puis il ajouta si bas que je faillis ne pas l'entendre :

— La mort est sur nous, c'est Dieu qui nous punit. Les bêtes griffues sont de retour... Devriez pas sortir, savez. Elles ont tué des vaches appartenant à Jumièges. On a été obligé de les brûler.

— Des loups ?

— Les bêtes grises étaient les premiers habitants de la presqu'île, bien avant les hommes ! Elles étaient des centaines ici.

— Et le loup vert ? Sais-tu ce que c'est ? La damoiselle de Bois-Robert m'a affirmé l'avoir vu.

Geoffroy avait pâli et s'était signé.

— Faut point prononcer ce nom, sire écuyer. Ça porte malheur !

— Explique-toi.

Il secoua la tête et, à son air buté, je compris que je n'en tirerais rien de plus.

Je le saluai donc, franchis la poterne qu'il m'ouvrit à regret, et partis en sifflant.

Au bout d'un moment j'avais dépassé plusieurs maisons aux portes et aux volets clos. Je cessais de siffler.

Pourquoi des loups auraient-ils tué des vaches alors qu'il y avait tant d'autres gibiers dans les bois ?

J'arrivais près de la Seine. Un héron se dressait dans les roseaux, aussi immobile qu'une statue, son long bec tendu vers l'eau verdâtre.

Je retournai à pas lents vers l'endroit où j'avais trouvé Héloïse, escaladai l'éboulis et me retrouvai dans la forêt...

III

LE « REDOUTABLE JUGEMENT DE DIEU »

Chapitre 12

Nul parmi les moines ne sut vraiment ce qui s'était dit ce jour-là dans la salle capitulaire. Dans cette vaste pièce, située au-dessus de celle des reliques, se tenait chaque matin, après l'office de prime, l'assemblée des religieux. On y prenait toutes les décisions concernant l'abbaye.

Ce matin-là, pourtant, avant que ne sonne midi, ce fut une réunion plus secrète qui se tint entre l'abbé Eustache, le prieur Adalbert, le sacristain Jocelin, le doyen Drogtegand et Gisla la guérisseuse.

Une réunion où il fut question du troupeau décimé, mais aussi du rituel qui devait avoir lieu dans la soirée.

Une bonne odeur de cire flottait dans l'air. Les fenêtres ouvertes sur le cloître laissaient entrer les rayons dansants du soleil. Les oiseaux chantaient. S'il n'y avait eu la gravité des visages, on eût pu penser que tout était redevenu paisible.

— Êtes-vous bien sûr, Drogtegand, qu'il faille maintenir cette fête ? demanda l'abbé Eustache, sa longue et maigre silhouette courbée vers l'avant.

Assis dans un fauteuil à haut dossier, non loin des lutrins portant la Bible et la règle de saint Benoît, l'abbé était vêtu d'une simple robe de drap noir, les pieds nus dans ses sandales de cuir. Personne n'eût pu deviner qu'il s'agissait là du maître de l'abbaye, tant ses vêtements et sa posture étaient humbles. Il ne portait pas même son sceau au doigt. L'anneau d'or frappé aux armes de Jumièges, insigne de son rang, reposait dans un coffret dont il ne sortait jamais.

— Je ne suis sûr de rien, révérend père abbé. Mais je sais qu'il faut calmer les esprits et qu'annuler cette fête que, de mémoire d'hommes, on a toujours célébrée ici, ne fera que les échauffer !

L'abbé Eustache hocha la tête et se tut. Enfin, il conclut comme à regret :

— Il en sera donc ainsi.

Il fit un signe de tête à Jocelin, le sacristain, qui prit aussitôt la parole :

— Les charrois vous porteront cinq tonneaux de vin et un d'hydromel, présents de notre abbaye au village de Conihout.

— Grand merci pour tous les villageois, répondit l'Ancien. Par précaution cependant, je proposerai que la fête n'ait lieu que dans le pré qui s'étend autour du village et qu'à la nuit tombée, des feux soient allumés. Et je maintiendrai des gardes aux portes.

— Cela est sage, fit sentencieusement l'abbé.

Gisla, qui avait gardé le silence jusque-là, demanda :

— Vous ne vous êtes pas prononcé, révérend père, sur la demande de battue que nous vous avons faite ? Il faut tuer les loups avant qu'ils ne s'attaquent à d'autres troupeaux, ou pire, à des gens.

À ces mots, l'abbé coula un regard vers le prieur. Seul Drogtegand s'aperçut que les mains d'Eustache tremblaient.

— Notre révérend père va faire appel au louvetier de Lisieux, déclara ce dernier.

Le visage de la guérisseuse se crispa.

— Pardonnez-moi, mais je crains que nous ne devions aller vite, père prieur. Le temps qu'il arrive...

Drogtegand ajouta :

— Je peux réunir une dizaine de chasseurs. Ils connaissent le terrain, ils réussiront à éliminer un certain nombre de bêtes griffues avant que le louvetier n'arrive, père abbé. Votre homme n'aura plus qu'à achever la tâche.

— Bien, bien, faites ainsi que vous le souhaitez.

— Pouvons-nous nous retirer, révérend père abbé ? demanda le doyen.

— Allez, allez ! Et que Dieu vous bénisse. Laissez-nous aussi, frère Jocelin.

Une fois les villageois et le sacristain sortis, Eustache se perdit dans ses pensées, oubliant la présence du prieur à ses côtés. Enfin, il releva la tête.

— Tout cela est si lourd, frère Adalbert, si lourd. Depuis la mort tragique de ce pauvre Héribert près des bassins, la folie de Drogon et maintenant notre troupeau décimé... je me demande si nous avons eu raison... Si les gens de Conihout savaient...

Au souvenir de l'aspect du cadavre du camérier, le prieur avait blêmi, lui aussi.

— Ils penseraient qu'il y a un monstre qui rôde et ils auraient raison, mon révérend. Mais vous avez fait ce qu'il faut, comme d'habitude. Nous ne pouvions refuser l'aide et la protection de Dieu à celui qui la demandait avec tant de ferveur.

— Si vous n'étiez pas là..., avoua Eustache dans un soudain accès de faiblesse.

— Mais je suis là, mon révérend.

— L'avez-vous retrouvé ?

— Point encore, mon père.

— Croyez-vous qu'il soit possible...

Ses mots restèrent en suspens, comme si prononcer la suite de cette phrase était au-dessus de ses forces. C'est frère Adalbert qui poursuivit :

— Je ne comprends pas comment il s'est échappé de l'infirmerie. Mais nous allons le rattraper, mon père, et ensuite, que saint Hubert nous vienne en aide, ou nous serons perdus !

À ces mots, l'abbé devint livide. Il ouvrit la règle de saint Benoît à une page marquée d'un signet. Une page dont il ne cessait de relire les versets depuis qu'il avait été élu abbé.

Le prieur l'entendit prononcer d'une voix sourde une phrase qui résonna comme une sentence de mort :

« L'abbé se souviendra toujours que son enseignement, comme l'obéissance des disciples, seront l'un et l'autre soumis au redoutable jugement de Dieu... »

IV

UNE FAIM INNOMMABLE

Chapitre 13

La piste d'Héloïse était aussi visible que celle d'un chevreuil poursuivi par une meute de chiens courants.

Seulement, j'avais beau chercher, je ne trouvais aucune autre trace que celles de son affolement : branches cassées, tissu ou cheveux roux accrochés aux ronces.

Je marchais depuis un moment quand, ayant rejoint un sentier, j'aperçus sur le bas-côté un petit soulier de cuir à boucle d'argent, puis, plus loin, un bouquet de fleurs éparses...

Bien que désirant croire le contraire, je commençais à me dire qu'elle avait rêvé et que ce loup vert n'existait que dans son esprit. Néanmoins, était-ce le grincement des troncs dans la futaie ou la sensation diffuse d'une présence toute proche ? Je repartis, la main sur mon poignard.

J'arrivais près d'une mare surplombée d'un chêne.

Héloïse s'y était arrêtée, elle aussi. Il y avait encore le piétinement de ses souliers dans la terre ameublie. Des libellules virevoltaient au-dessus de la surface verdâtre. Des grenouilles se dissimulaient sous une épaisse couche de lentilles d'eau. Je me baissais pour observer la rive.

C'est à ce moment que j'aperçus l'empreinte, non loin d'un bosquet de roseaux.

Large, bien marquée.

Ce n'était pas celle, régulière, en fleur de lys, d'un loup ni même d'une louve aux doigts serrés...

Mais celle d'une main recroquevillée, dont les ongles avaient lacéré le sol.

La créature avait rampé jusqu'aux roseaux, puis s'était redressée pour bondir sur la jeune fille...

Héloïse m'avait assuré avoir vu le loup vert, cet être mythique dont le portier n'osait pas même prononcer le nom. Cette créature dont je ne savais rien.

Il y avait tant de légendes autour des loups, à commencer par celle de la métamorphose d'hommes en loup-garou, les nuits de pleine lune...

Je refusais de croire à tout cela, même si je connaissais les ravages du sang noir, ce sang que certains chasseurs buvaient à même les plaies des sangliers ou des cerfs... Le loup vert était-il un ensauvagé ? Avait-il massacré le troupeau de l'abbaye avant de se jeter à la poursuite d'Héloïse ?

Un frisson se propagea soudain de mes reins à ma nuque.

Quelque chose se tenait derrière moi.

Chapitre 14

Un filet de bave ruisselait de sa bouche entrouverte. Ses doigts se recourbaient comme des serres...

Mais la métamorphose n'était pas achevée. Il le sentait.

Les bruits de la forêt autour de lui, les chants des oiseaux lui paraissaient amplifiés. Insupportables.

Et il avait soif.

Une soif dévorante.

Pourtant, la simple vue de la mare l'avait rejeté en arrière.

L'eau lui faisait horreur.

Il s'était recroquevillé sur lui-même.

C'est un bruit de pas qui l'avait fait se redresser.

Un jeune écuyer vêtu d'un pourpoint vert et de braies rouge sombre était apparu.

Son premier réflexe avait été de se cacher.

Enfin, lentement, malgré lui, il s'était mis à ramper.

Il haletait, les lèvres retroussées en un effrayant rictus.

Quelque chose grondait en lui.

Une faim innommable.

Chapitre 15

Je m'étais retourné d'un bloc, brandissant ma lame.

— Viens, qui ou quoi que tu sois ! hurlai-je, les doigts crispés autour de la garde de mon épée.

Au même instant se déchaîna un fracas de tambours.

Je restais le fer levé.

Un hurlement avait retenti. Une clameur atroce, inhumaine, qui s'éteignit d'un coup.

Des branches craquaient.

Je crus ma fin venue.

Devant moi, avaient surgi des villageois armés de gourdins que menait un colosse frappant un tambour de guerre.

Ils précédaient un être surnaturel, effrayant, enveloppé d'une longue cape vert sombre. Une créature à tête de loup.

Sans paraître me voir, ils passèrent à côté de moi et allaient disparaître quand je repris mes esprits.

Je rengainai mon fer et, la gorge sèche, avec le sentiment d'avoir frôlé la mort, je leur emboîtai le pas. L'adversaire dont j'avais senti la présence avait pris la fuite.

Malgré mes bravades, j'étais si troublé par la peur que j'avais éprouvée, que je ne pris pas garde au sentier choisi par les processionnaires. Une sente sauvage, un passage de bêtes, où des filaments de mousse grise s'effilochaient le long de branches noueuses. Mes bottes s'enfonçaient dans une épaisse couche d'humus dont l'odeur de décomposition me prenait à la gorge.

Les cloches de Jumièges retentirent, sonnant l'office de vêpres. Comme en rêve, le chemin menant à l'abbaye apparut brusquement devant nous. La procession contourna les remparts et s'arrêta devant le portail.

Une clameur rauque s'éleva, soutenue par le martèlement sourd du tambour.

Le silence se fit.

L'homme à tête de loup avait frappé le vantail de son bâton.

— Qui va là ? fit la voix du portier.

— Le loup vert ! hurlèrent ses compagnons.

Alors, lentement, les portes s'ouvrirent.

Et le cortège entra dans la cour où attendait l'assemblée des moines.

La silhouette mi-homme mi-bête alla s'agenouiller devant le père abbé qui l'effleura de sa paume en signe de bénédiction.

Les religieux en tête, tout le monde prit le chemin de l'église Notre-Dame dont les cloches sonnaient à la volée.

Je me faufilais entre un groupe de villageois, n'arrivant pas à détacher mes yeux de la tête de loup qui dépassait de celles des fidèles, là-bas, devant l'autel.

La messe passa sans que je m'en rende vraiment compte.

Puis les portes se rouvrirent.

— Bientôt, murmura la voix de frère Augustin qui avait surgi à mon côté, un grand bûcher sera allumé... Et on y jettera le loup vert.

Chapitre 16

Je cherchais le chevalier du regard quand le petit moine ajouta sentencieusement :

— Tout ce que fait Dieu est bien. À commencer par votre présence au côté de mon frère Raoul.

Il me fallait un allié dans la place, quelqu'un en qui j'avais confiance et quelque chose me disait que le religieux pouvait être celui-là.

— Mon frère, j'aimerais vous parler.

— Vous voulez vous confesser, mon fils ? demanda-t-il, une lueur malicieuse s'allumant dans ses yeux marron.

— Non, non, protestais-je. Enfin, pas maintenant.

— Alors, je vous écoute.

Des serviteurs circulaient autour de nous, sire Raoul sortait de l'église aux côtés du sire de Beaumont.

— Je préférerais un endroit plus tranquille.

— Suivez-moi.

Poussant une porte, il me conduisit jusqu'à un jardin clos de murs. Un lieu paisible fait de carrés verdoyants cernés de barrières d'osier. Le sol était désherbé, dans des rigoles scintillait une eau claire qui irriguait des buissons de roses. Il me sembla que c'était le seul endroit de l'abbaye qui ne soit pas à l'abandon. Certaines des plantes médicinales : angélique, thym, consoude, herbe aux mille écus, pimprenelle, me rappelaient le jardin de mon père à Gallardon.

— C'est là que je travaille, déclara Augustin. J'y trouve la paix tout autant qu'entre les murs d'une église.

Je hochais la tête. Maintenant que nous étions en tête à tête, je ne savais plus par quoi commencer. Tout en lui me déconcertait, surtout cette apparente légèreté que je sentais n'être qu'un masque. Quel homme se cachait derrière ce moine enfant qui m'appelait son « fils » et qui, si jeune, avait renoncé à tout pour s'enfermer entre ces hauts murs ?

— La damoiselle de Bois-Robert a vu notre infirmier, lâcha-t-il soudain.

Une brusque inquiétude me serra le cœur.

— Comment va-t-elle ?

— Bien, très bien même. Elle n'a que des écorchures et des bleus, rien de sérieux. Frère Thibaud a nettoyé ses plaies. D'ailleurs, elle était à l'office de vêpres.

Je ne pus simuler mon étonnement. Comment ne l'y avais-je point remarquée ? Le moine semblait avoir suivi mes pensées car un sourire se glissa sur ses lèvres quand il ajouta :

— Elle était dans une des chapelles sur le côté, un lieu réservé à la famille de Bois-Robert... Mais elle était seule. Son frère, Renaud, un garçon pourtant fort pieux, était absent.

— Elle n'a point d'autre famille ?

— Hormis sa tante du Mesnil, non. Leur père est mort noyé en Seine, voici un mois.

— Et le sire de Beaumont ?

— Il était à l'office, lui aussi. Tout comme le seigneur de Clères.

— Gautier de Beaumont a dit être son promis, hasardai-je.

— Est-ce donc de damoiselle Héloïse que vous désiriez m'entretenir ? demanda-t-il sans se départir de son sourire.

Je m'empourprais et allais rétorquer que non. Il ne m'en laissa pas le temps.

— Sire Gautier n'a pas menti. Ce n'est un secret pour personne ici que, malgré la pauvreté des Bois-Robert, Beaumont, qui est le meilleur ami de Renaud de Bois-Robert, a demandé sa main. C'est un beau parti pour la demoiselle qui risquait de demeurer vieille fille. Les Bois-Robert sont ruinés et Gautier a annoncé sa décision de l'épouser sans dot.

Il n'ajouta rien et je n'osais en demander plus. L'arrogant personnage que j'avais vu collait mal avec tant de générosité. À moins qu'il ne soit réellement amoureux d'Héloïse. Ce qu'avec mauvaise foi, je refusais d'admettre. Après un temps, Augustin changea le cours de la conversation :

— J'espère que mon frère Raoul n'est pas aussi rude avec vous qu'il l'est avec lui-même.

— Nul n'a dit que la vie d'un écuyer était un lit de roses, mais votre frère est juste et j'ai beaucoup à apprendre.

Le petit moine hésita.

— Nous nous connaissons peu, lui et moi. Je n'étais qu'un enfant quand il est parti pour Jérusalem... Et moi, je suis venu ici.

J'essayais d'imaginer la haute silhouette du chevalier partant pour la croisade. Il avait dû prendre place aux côtés du jeune roi Baudoin III pour affronter les Turcs. Peut-être un jour me parlerait-il de ce royaume franc qui s'effilochait chaque jour davantage sous les coups de boutoir du sultan Noureddin ?

— Il n'est revenu en France que parce qu'un grand malheur l'a frappé... Ses cheveux ont blanchi en une nuit, m'a-t-il dit.

Il alla s'asseoir sur un banc le long du mur.

— Que vouliez-vous me confier, mon fils ?

— J'ai besoin de votre connaissance du pays.

Je racontais au petit moine la recherche que

j'avais menée en forêt et la découverte de l'empreinte près de la mare. Pas une fois il ne m'interrompit. Son regard errait au-dessus des plantes, il paraissait à peine m'écouter.

— Qu'attendez-vous de moi ? demanda-t-il enfin.

— Tout d'abord que vous m'expliquiez qui est ce mystérieux loup vert dont le portier semble avoir une peur bleue.

— Dieu le prenne en pitié, Geoffroy a peur de son ombre. Ce n'est qu'une légende, sire écuyer, rien de plus, mais fort vivace. On dit qu'elle remonte au temps des druides et à celui où cette presqu'île était peuplée de loups. Mais si vous m'accompagnez, vous en saurez bientôt autant que moi, je vous le promets.

— Je voudrais aussi comprendre pourquoi, alors qu'on a sonné le tocsin et qu'on a massacré un troupeau appartenant à l'abbaye, tout semble redevenu normal ? Quel danger avons-nous fui ce matin, qui n'existe plus ?

— Nul n'a dit qu'il n'existait plus, rétorqua-t-il gravement.

— Vous ne m'aidez guère, frère Augustin.

Il avait cueilli une branche de thym dont il se mit à arracher les feuilles une à une, lentement, consciencieusement. Il semblait avoir oublié jusqu'à ma présence, un vague sourire sur les lèvres. Je toussais pour attirer son attention, il leva la tête.

— Oui ?

— Qui est cet Héribert dont la mort semblait avoir impressionné si fort un pauvre novice du nom de Drogon ?

Il s'était figé.

— Comment savez-vous cela ?

— J'écoute, mon frère, et je regarde.

— Héribert était le nom de notre camérier... Nous l'avons enterré deux jours avant votre arrivée.

Il n'ajouta rien, pourtant je sentis qu'il ne me disait pas tout et que quelque chose lié à la personne du camérier ou à sa mort le heurtait profondément.

— Une dernière question, mon frère, pourquoi les moines de Jumièges ne respectent-ils pas la règle de silence ?

Il jeta le rameau par terre. Le visage plus sombre encore.

— Sans doute était-ce la première question à poser.

— Vous voulez dire que de là découle tout le reste, frère Augustin ? Le massacre des bêtes, cette créature qui rôde dans la forêt...

Mais je savais déjà qu'il ne répondrait pas.

— Heureux celui qui peut pénétrer les causes secrètes des choses ! déclara-t-il en se penchant pour arracher une mauvaise herbe.

CHAPITRE 17

Frère Augustin et moi traversions la cour, quand j'aperçus sire Raoul qui venait à notre rencontre.

— Je vous cherchais tous les deux.

— Je faisais visiter notre jardin d'herbes à votre écuyer, répondit Augustin d'un ton qu'il voulait léger. Nous allons au village de Conihout pour la cérémonie du loup vert. Viendrez-vous avec nous ?

— Plus tard. Le père abbé m'attend, je lui ai demandé de m'entendre en confession.

Le chemin jusqu'à Conihout me parut fort court tant j'étais perdu dans mes pensées.

« Sans doute était-ce la première question à poser », avait dit Augustin. Si les moines n'obéissent plus à la règle de l'abbaye, cela veut dire qu'ils bafouent l'autorité du père abbé. Un abbé qu'ils ont pourtant librement élu à leur tête... À moins que...

Nous arrivions devant une palissade où s'ouvrait un portail que gardaient deux solides gaillards armés de fourches.

— Voici le village de Conihout. Ce n'est pas ici qu'a lieu la fête, mais dans la clairière des Douze Chênes, le long de la route qui mène à la léproserie et à l'abbaye de Saint-Wandrille.

Je le suivis, mais j'avais eu le temps d'apercevoir une place déserte cernée de maisons de torchis aux toits de chaume.

— J'ai rencontré frère Jocelin, le sacristain, commençai-je.

— Que Dieu le protège !

— Il a reconnu mon accent chartrain avec tant de facilité que je le pensais de chez moi.

— Non pas. Je crois qu'il est né à Rouen et que son plus grand voyage a été de venir jusqu'ici. C'est du moins ce qui est noté dans les archives de l'abbaye.

— Il m'a expliqué son rôle.

— C'est un homme important, presque autant que notre prieur, avoua Augustin.

— Le portier m'a dit qu'il donnait des soins aux morts, ce que frère Jocelin avait omis de me signaler. En quoi cela consiste-t-il ?

— Une ancienne coutume veut que le sacristain

de Jumièges prélève le meilleur vêtement et le tiers des meubles des défunts. C'est un droit mortuaire à la fois sur notre paroisse et sur celle du Mesnil. Droit qu'il a d'ailleurs exercé chez les Bois-Robert.

— C'est vrai, vous m'avez dit que le sire de Bois-Robert est mort noyé.

— Dieu ait son âme, même si c'était un avare de la pire espèce.

Je ne relevais pas cette dernière phrase et, suivant mon idée, demandais :

— Quand a été élu l'abbé Eustache ?

— À la mort de son prédécesseur, Guillaume. Il est le trente-cinquième abbé de Jumièges. Cela remonte à bientôt dix ans. C'est un homme doux et réservé. Plus fait pour la prière que pour le pouvoir.

— Pourquoi l'avoir élu ?

— Oh, cela n'a pas été simple. Nous ne sommes que des hommes...

Il y avait de l'amertume dans sa voix.

— Pendant six semaines, il n'y a eu qu'intrigues, envies, jalousies et rivalités de toutes sortes. On ne réussissait pas à s'accorder sur celui qui prendrait la tête de l'abbaye. Et puis, c'est le nom d'Eustache qui est sorti. Un des seuls à ne pas désirer le pouvoir.

Une élection difficile, un homme de prières, la

mort du camérier Héribert, la folie de Drogon, le troupeau décimé, le loup vert...

Je tournais tout cela dans ma tête en me disant que quelque chose m'échappait. Un lien entre tous ces éléments, mais lequel ?

V

LE LOUP VERT

Chapitre 18

La bête avait fui devant les processionnaires, abandonnant le jeune écuyer qui la défiait près de la mare.

Elle avait couru longtemps, droit devant elle, puis, une fois le silence revenu, s'était glissée dans un arbre creux, se recroquevillant sur elle-même avant de sombrer dans un sommeil entrecoupé de cauchemars où elle se rêvait homme puis animal.

Ses poils recouvraient tout son corps, ses dents et ses ongles s'allongeaient, elle déchiquetait les proies qu'elle saisissait entre ses fortes mâchoires...

C'est la faim qui la réveilla.

Ses dents grincèrent les unes contre les autres et elle hurla.

Puis elle entendit le bruit lointain des tambours de la clairière aux Douze Chênes et se glissa hors de sa cachette. Elle s'étira avec un feulement qui n'avait plus rien d'humain.

La nuit venait. Pourtant, ses pupilles dilatées percevaient ce qui l'entourait. Seules les couleurs étaient différentes. La forêt avait pris des reflets rouge sombre, les fougères dressaient des hampes vermeilles, le feuillage pourpre des hêtres bruissait. Quant à ses oreilles, elles entendaient jusqu'à la course des fourmis sur le sol.

Ses muscles se tendirent. La créature s'élança. Droit devant elle, vers l'appel des cors, vers les tambours.

Au fond, tout au fond, dans sa part humaine, cela lui rappelait quelque chose qu'elle avait aimé.

Arrivée près du village de Conihout, elle s'immobilisa puis se laissa tomber à terre pour ramper parmi les fougères jusqu'à l'orée de la clairière. Les gardes postés aux quatre coins du pré ne virent pas la forme qui glissait entre les hautes herbes et s'arrêtait non loin d'un groupe de femmes et d'enfants.

La faim innommable était revenue.

Une petite fille avait quitté sa mère et s'était assise devant la cachette de la bête, jouant avec un bâton.

Un rictus déforma ses traits, tandis qu'un sourd gémissement jaillissait de sa gorge.

CHAPITRE 19

Comme à chaque Saint-Jean, le jour s'étirait en longueur, refusant de laisser place à la nuit. Les ombres s'allongeaient plus lentement. J'aperçus la lueur jaune des flammes à travers les arbres.

Aux quatre coins d'une esplanade brûlaient des feux et au milieu s'élevait un énorme bûcher fait de dizaines de troncs empilés. Branches et rameaux s'enchevêtraient aussi haut qu'un rempart. Une odeur de résine me prit à la gorge en même temps qu'un souffle chaud me frappait au visage.

À l'abri des arbres centenaires, se dissimulaient une foule d'hommes, de femmes et d'enfants, des gens venus assister à la cérémonie. Ils restaient immobiles, fascinés, au bord d'une invisible frontière. Augustin m'entraîna plus avant.

La chaleur devenait insupportable. Je respirais

avec difficulté. Des nuées d'escarbilles scintillantes montaient vers le ciel qui s'obscurcissait.

Nous avions rejoint un groupe de vieillards que dominait la haute silhouette d'un ancien au visage boucané, à la barbe tressée couleur de miel. À ses côtés se dressaient le prieur ainsi qu'une dizaine de gentilshommes aux riches pourpoints, l'épée au côté.

— Le conseil des Cinq Sages et son chef, Drogtegand, ajouta le petit moine. Là-bas, c'est le sire de Clères, le plus riche seigneur des environs et ses vassaux.

Les yeux bridés du doyen s'étaient braqués vers nous avant de se reporter vers le haut bout du pré où venaient de surgir des ombres grisâtres.

Effrayantes.

Torses nus, corps et visages enduits d'une épaisse couche de boue séchée, des guerriers avançaient, frappaient le sol de leurs gourdins, se redressaient, faisaient un pas, frappaient à nouveau puis se relevaient.

Je m'étais raidi malgré moi, les doigts glissant vers ma lame. Le sol tremblait sous mes pieds tandis qu'ils progressaient vers le feu.

Les cors s'étaient tus, laissant le roulement des tambours s'intensifier.

Les guerriers se séparèrent en deux colonnes qui se rejoignirent autour du feu.

Un tronc rougeoyant s'affaissa, libérant des braises incandescentes.

Les hommes tournèrent le dos au brasier. Sautant sur place, ils nous défiaient du geste et de la voix. Leurs visages se tordaient en d'effroyables grimaces, ils tiraient la langue comme des pendus, les muscles saillants, luisants de sueur...

Dans la pénombre, derrière moi, la foule restait silencieuse. Des enfants effrayés se cachaient dans les jupes de leurs mères. Les hommes frappaient le sol de leurs talons.

Le sang battait à mes tempes.

CHAPITRE 20

La bête allait bondir sur l'enfant quand les hommes aux corps enduits d'une boue grisâtre surgirent près du brasier.

La mélopée des tambours les enveloppait. Là-bas, les guerriers avaient tourné le dos au brasier et la danse commença.

Une danse que la bête connaissait, à laquelle elle avait participé, elle aussi, dans une autre vie, quand elle n'était qu'un homme.

Elle se figea, ses pupilles s'étrécissant.

Sa chair frissonnait.

La petite fille était repartie, appelée par sa mère, mais elle ne s'en aperçut pas.

Sa langue passa lentement sur ses lèvres.

Elle découvrit les dents et gronda.

Si seulement il n'y avait pas eu ces hautes flammes rouges, dont elle redoutait la brûlure, mais qui la fascinaient tout en la tenant à distance...

Chapitre 21

J'avais la singulière impression de vivre à cette lointaine époque druidique dont on parlait encore tant, chez nous, en pays chartrain... La grande forêt des Carnutes n'était plus que l'ombre de ce qu'elle avait été, pourtant le souvenir des cérémonies qui y avaient eu lieu restait vivace. Menhirs et dolmens étaient nombreux, tout autant que le gui qui s'accrochait aux branches des chênes...

Je revins à ce qui m'entourait. Frère Augustin et moi étions assis en tailleur avec les autres, et Drogtegand nous avait fait passer une coupe dans laquelle nous bûmes, chacun à tour de rôle, même le prieur Adalbert, une rasade d'un liquide jaune d'or.

C'était un hydromel comme jamais je n'en avais goûté. Il mêlait la douceur du miel à l'âpreté d'un vin nouveau.

La tête me tournait un peu, les couleurs tout

comme la noirceur de la nuit s'étaient intensifiées. Les bruits aussi.

Jailli de nulle part, le loup vert était entré dans la ronde et il dansait avec les autres, dessinant autour de lui un cercle magique dont nul ne s'approchait.

Je contemplais, fasciné, les corps demi-nus sur lesquels la boue se craquelait, les faciès grisâtres. J'avais l'impression que les tambours avaient pris possession de moi et s'accordaient aux pulsations de mon sang. Ma vue se brouillait et, malgré moi, mes bras et mes jambes tressaillaient.

D'un coup, le silence revint et les danseurs se figèrent.

Je n'entendais plus que leurs halètements rauques et les craquements du bois que le feu dévorait.

Le loup vert se remit à danser. Il bondissait, frôlait le sol, ses bras et son corps se tordant dans d'invraisemblables postures. Il s'arrêtait devant chacun de ses compagnons comme s'il cherchait quelqu'un puis, d'un geste vif, il heurta de son bâton l'épaule d'un des danseurs, un rouquin.

Une clameur s'éleva alors :

— Le loup vert ! Le loup vert ! Le loup vert !

Frère Augustin s'était penché vers moi.

— Chaque année, il faut choisir un nouveau loup vert… et le mettre à mort.

Je ne savais plus si je rêvais ou si j'étais éveillé.

Sous mes yeux écarquillés, le jeune homme avait essayé de s'enfuir, malgré le cercle des danseurs qui s'était refermé sur lui.

Il se trouva emprisonné avec le loup et un troisième personnage, dont j'avais remarqué l'impressionnante carrure.

— Landric le forgeron, murmura Augustin qui avait suivi mon regard.

Les trois hommes se mirent à se tourner autour. Seul le rouquin avait conservé son arme, un solide gourdin à la tête bardée de clous.

Je retins mon souffle.

Le loup vert avait bondi, essayant de saisir sa proie. Le jeune homme esquiva l'attaque et riposta, mais son gourdin ne frappa que le vide.

Puis, ce fut le tour du forgeron. Ses doigts se refermaient déjà sur le gars quand celui-ci lui asséna un formidable coup sur le crâne avant de foncer vers les danseurs pour tenter d'ouvrir une brèche parmi eux.

Le gourdin s'abattait sur les épaules, les cuisses, les dos, les torses... Des râles de douleur retentissaient.

Le sang coulait.

En vain, le cercle des guerriers ne se brisait pas.

La mêlée dura un moment.

Des blessés gisaient à terre.

L'épuisement commençait à gagner le rouquin.

Trop lourd, affaibli par sa blessure à la tête, le forgeron s'était essoufflé. Seul le loup semblait infatigable. Il avançait, reculait mais, insensiblement, se rapprochait de sa victime.

Enfin, d'un coup sec du tranchant de la main, il la désarma, faisant tomber l'arme.

Ce fut la curée. Le colosse l'immobilisa. Je ne pus voir la suite, car le cercle s'était refermé sur le malheureux.

Je l'entendis hurler. Son corps jaillit au-dessus des têtes, on lui avait enfilé le masque du loup vert et on le portait vers les flammes pour l'y jeter...

Chapitre 22

Ce fut comme un signal. Tous ceux qui n'avaient pas participé au rituel jaillirent de la forêt, se répandant dans la clairière qui, d'un coup, se couvrit d'une foule en liesse. Le prieur s'était levé.

Frère Augustin se pencha vers moi :

— Tout est fini ! me souffla-t-il. Et comme chaque année, tout recommence ! Je vous laisse, il faut que je rentre à l'abbaye. Dieu vous garde, Michel de Gallardon.

— À vous revoir, mon frère.

Voici la Saint-Jean,
L'heureuse journée
Que nos amoureux
Vont à l'assemblée
Marchons, joli cœur.

Hommes et femmes s'étaient donné la main et chantaient en formant une joyeuse farandole. Toutes les tensions semblaient apaisées.

Que nos amoureux
Vont à l'assemblée
Le mien y sera
J'en suis assurée
Marchons, joli cœur,
La lune est levée...

Le nouveau loup vert, qu'on avait fait semblant de jeter dans le feu et qu'on avait revêtu de la houppelande verte, dansait avec les enfants. Il avait perdu toute sa sauvagerie, il n'était plus qu'un fauve apprivoisé que des gamins poursuivaient en riant.

Comme par enchantement, des tables à tréteaux et des bancs étaient apparus. Des charrois apportaient des tonneaux de vin qu'on mettait en perce... Une odeur de saucisses grillées et de viandes s'éleva bientôt.

Je regardais tout cela, stupéfait par cette transition soudaine entre la violence de la cérémonie et la gaieté bon enfant de la fête qui suivait.

Des musiciens, l'un jouant du flûtiau, l'autre du rebec, prirent la tête d'une longue file de gars et de filles qui se donnaient la main. Éclairés par des torches, les danseurs partirent en se bousculant, en se tirant, en riant dans la prairie.

— Messire de Gallardon, murmura une voix que je reconnus aussitôt.

Je me retournai et me trouvai face à la demoiselle de Bois-Robert accompagnée d'une femme de haute taille à la mine sévère et à la chevelure blanche relevée en chignon, habillée de brocart vert, une lourde chaîne d'or à son cou.

— Je voulais vous présenter ma tante, la dame du Mesnil.

Je m'inclinais devant la dame, mais je n'avais d'yeux que pour Héloïse. Elle était méconnaissable. La taille bien prise dans une robe de drap écarlate, des rubans dans ses tresses rousses remontées en chignon, une broche à son corsage de dentelle, toute trace de sa mésaventure paraissait effacée.

— Je suis partie bien vite, et n'ai pas pu vous remercier pour votre aide, déclara-t-elle.

— Et moi, reprit la dame du Mesnil, je tenais à voir celui qui a sauvé ma tendre nièce.

Je protestais :

— Sauvé n'est pas vraiment le mot, ma dame, je n'ai fait qu'aider votre nièce à regagner l'abbaye. Et puis je n'étais point seul, le chevalier Raoul, mon maître, et frère Augustin étaient avec moi. Je n'ai aucun mérite.

Le visage sévère de la tante s'éclaira d'un sourire qui la transforma.

— Votre courtoisie vous honore, jeune sire, s'exclama-t-elle. Je crois que c'est la première fois que vous venez chez nous, n'est-ce pas ?

— Oui, ma dame.

Un éclair malicieux brilla dans ses yeux.

— Alors...

Elle se tourna vers sa nièce.

— Si vous invitiez ce jeune sire à caroler, ma nièce ? La vieille femme que je suis vous donne sa bénédiction et, si j'en avais encore la force, croyez que je vous aurais tenu compagnie.

Le regard grave et doux d'Héloïse fouilla le mien. Je me sentis rougir jusqu'à la racine des cheveux.

— Allez mes enfants ! Dansez ! fit la tante en nous poussant l'un vers l'autre.

Les doigts d'Héloïse s'étaient glissés dans les miens ; je me levai d'un bond et, l'enlevant, je courus pour rattraper la farandole.

Il m'a rapporté
Ceinture dorée ;
Je voudrais ma foi
Qu'elle fût brûlée
Marchons, joli cœur,
La lune est levée.

Je voudrais ma foi
Qu'elle fût brûlée
Et moi dans mon lit
Avec lui couchée
Marchons, joli cœur,
La lune est levée[1]*...*

1. Texte extrait des *Contes et légendes de Jumièges*, édités par l'Association des amis de l'abbaye, 1989.

Chapitre 23

Comme les autres danseurs, Héloïse et moi étions tombés dans l'herbe, épuisés par notre longue course, riant sans trop savoir pourquoi.

— Merci, gente damoiselle, fis-je au bout d'un moment, mon souffle revenu. Cela m'a rappelé les fêtes au château de mon père.

Son regard se tourna vers moi.

— Je ne sais rien de vous, messire. Où est-ce chez vous ?

— Près de Chartres, damoiselle. Un château à la tour si haute qu'on la voit de fort loin.

Et je pensais à part moi que mon pays était à des lieux d'ici. Tout comme mon enfance que je venais de retrouver un instant grâce à elle. D'un coup, je me sentais à nouveau seul. Perdu. Et Héloïse parut le sentir, sa main effleura la mienne.

— Mon frère et moi habitons non loin de la

route de Saint-Wandrille, dit-elle. Peut-être nous ferez-vous l'honneur d'une visite ? Nous ne sommes guère riches, mais le lait de notre brebis est délicieux et avec quelques prunes...

— Cela serait avec plaisir, damoiselle, mais je ne sais si mon maître, sire Raoul, m'en laissera le temps. Peut-être repartirons-nous demain.

Une drôle d'expression passa sur son visage.

— Je vous envie, messire.

— Que voulez-vous dire ?

— J'aimerais tellement, moi aussi, découvrir le monde au-delà de cette terre où je suis née, au-delà du fleuve. Savez-vous ce que je voudrais plus que tout ?

Je fis signe que non, elle baissa la voix.

— Voir la mer. L'avez-vous déjà contemplée, messire ?

— Non, damoiselle. Et pas un de ceux qui a eu cette chance ne m'en a dit la même chose. Pour les uns, elle a la couleur d'une émeraude, pour les autres, celle de l'albâtre, pour d'autres enfin, des lumières scintillent sous sa surface comme autant d'étoiles...

Les yeux d'Héloïse brillaient. Je me tus brusquement. Gautier de Beaumont était apparu à l'autre bout de la prairie.

— Je dois vous laisser, messire, fit la jeune fille. Il me faut rejoindre ma tante qui doit être à la table du seigneur de Clères. Ensuite, je chercherai mon frère Renaud. Son absence à la messe était étrange. Il n'a jamais manqué d'y assister.

Un soupir lui échappa.

— Depuis la mort de notre père, il n'est plus le même...

Héloïse ne parla pas du sire de Beaumont qu'elle avait vu tout comme moi, et je lui en sus gré.

— Merci de m'avoir accordé cette danse, damoiselle Héloïse, fis-je en l'aidant à se relever.

Elle épousseta sa robe et me tendit la main. Je la frôlai de mes lèvres et me redressai à regret. Elle avait rougi et s'était détournée.

Je restai un moment à observer la mince silhouette qui rejoignait la tablée des gentilshommes, avant de tourner les talons.

VI

UN CADAVRE DE PLUS

Chapitre 24

Comme chaque soir quand il rentrait dans cette maison forte qu'il appelait pompeusement son « château », Jocelin, le sacristain de Jumièges, ôtait sa robe de bure et ses sandales.

Un geste libératoire qui faisait de lui un autre homme.

Il enfilait ensuite une longue et souple tunique, des braies et des bottines de cuir, puis il passait à son cou une chaîne de vermeil.

Ainsi vêtu, Jocelin, bien loin des obligations du monastère, de ses jeûnes et de ses prières, allait s'asseoir devant la cheminée, étendant ses longues jambes devant le feu, buvant dans un hanap d'argent le vin de Bordeaux que sa servante lui apportait.

Pourtant, ce soir-là, après s'être changé et avoir renvoyé la domestique, le sacristain alla se contempler dans le miroir d'étain poli accroché au mur.

Ce beau visage aux traits réguliers, ces yeux clairs, cette bouche ferme étaient toute sa richesse. Grâce à eux, il avait séduit bien des femmes et trompé des hommes.

Pourtant, ce qu'il vit dans le miroir ne lui plut guère : une ride soucieuse barrait son front. Il essaya en vain de la chasser et soupira tout en regardant autour de lui.

Après toutes ces années d'errance, après avoir connu la faim, la pauvreté et le supplice du pilori, il s'était réfugié à Jumièges pour s'y faire moine. Un drôle de moine qui continuait à regarder les filles, même s'il n'y touchait plus et dont les yeux brillaient quand il comptait les pièces destinées aux ouvriers...

L'élection d'Eustache avait tout changé, tout comme sa nomination au poste de sacristain. Très vite, grâce à de menus larcins, puis à des vols plus importants, le droit mortuaire l'avait enrichi. Mais c'était aussi cela qui avait attiré l'attention de celui qu'il appelait son « démon ». Un homme rusé qui avait deviné son talent de voleur et l'avait utilisé à ses fins. Un homme qui jouait aux dés, dépensait sans compter et dans les poches duquel l'or disparaissait comme dans un gouffre sans fond. Presque cinq ans qu'il travaillait pour lui. Que l'autre l'entraînait chaque jour plus avant sur le chemin du crime.

Bien sûr, sa maison était vaste, solide et aussi richement meublée que celle d'un notable. Sa cave regorgeait de victuailles, de tonneaux de vin, d'hydromel, de farine, de jambons...

Non, décidément, il ne manquait de rien.

Pourtant, Jocelin avait peur.

À cause de ce maître démoniaque, il avait franchi des barrières qu'il s'était promis de ne jamais dépasser. Il avait fait alliance avec Héribert, le camérier. Grâce à ce dernier, qui détenait tous les titres de propriété de l'abbaye, il avait vendu des terres appartenant à Jumièges. Des contrats où figurait en bonne place le sceau de l'abbé... Un sceau caché dans un coffre dont Héribert possédait la clé.

Un frisson passa dans le dos de Jocelin au souvenir du cadavre déchiqueté de son comparse. La veille de sa mort, ce pauvre Héribert lui avait dit qu'il voulait se confesser de ses fautes. Qu'il regrettait, qu'il arrêtait tout...

Quelques heures plus tard, il avait trouvé une mort atroce.

Comme dans tout marché avec le diable, il y avait, un jour, un prix à payer... et aucune issue pour fuir.

Et bientôt, il le pressentait, ce serait son tour. Mais lui ne se laisserait pas faire.

Jocelin se retourna d'un coup. Sur le qui-vive.

Il lui semblait avoir entendu un grattement ténu sur le bois de la porte.

Ce n'était pas la servante, elle dormait au-dessus des écuries, derrière la maison. Mais qui alors ? Et son chien n'avait pas aboyé.

Le sacristain attrapa une des torches fichée dans un cône de fer dans le mur, et marcha d'un pas résolu jusqu'au vantail.

Le bruit continuait.

Il ouvrit la porte d'un coup.

Personne.

La nuit enveloppait déjà la maison... Il entendait au loin le martèlement des tambours de la Saint-Jean. Il allait faire demi-tour quand, en levant sa torche, il aperçut le corps de son dogue couché de tout son long en travers du chemin.

L'animal ne bougeait pas. Il semblait dormir d'un profond sommeil et n'avait même pas tourné la tête vers lui.

Jocelin l'appela.

En vain.

Le grand chien n'avait pas bronché.

Le sacristain hésitait : devait-il sortir ou, au contraire, suivant son instinct, se barricader en attendant le matin ? Son hésitation fut de courte durée. Il se refusait à se conduire en lâche, jamais il n'avait reculé devant le danger.

Il marcha donc vers l'animal et se pencha pour le toucher.

Une flaque sombre allait en s'élargissant autour de son cadavre. Sa chair était encore tiède.

Jocelin aurait dû prendre la fuite, au lieu de quoi il resta à scruter les ténèbres...

Chapitre 25

Une lune argentée ruisselait sur le chemin, plongeant les bas-côtés dans les ténèbres. Je marchais en pensant à la jolie Héloïse et ce n'est qu'en arrivant près d'une maison forte que je ne connaissais pas que je m'aperçus que je m'étais éloigné de l'abbaye au lieu de m'en rapprocher.

J'allais faire demi-tour quand j'entendis un faible gémissement.

Cela venait des fourrés.

Je dégainais mon épée et avançais.

Mon pied buta sur un obstacle. Un homme gisait là et râlait, à l'agonie.

Je m'agenouillais et, malgré la faible lumière, ce que je vis de ses plaies me leva le cœur.

— Tenez bon, fis-je. Je vais chercher du secours.

Sa main s'agrippa à ma manche.

— Restez, souffla-t-il.

— Qui vous a fait ça ?

— Bois-Rob...

Sa voix se transforma en un infâme gargouillis, un flot de sang inonda son menton.

Il était mort.

CHAPITRE 26

La bête s'était éloignée, délaissant le pré où maintenant jouaient les musiciens.

Elle avait mal, son estomac se tordait, des flots de salive lui envahissaient la gorge, l'obligeant à cracher. Les innombrables estafilades dues aux ronces s'étaient mises à saigner.

Instinctivement, elle se dirigea vers l'abbaye.

Le vent qui soufflait dans le sous-bois la faisait se recroqueviller sur elle-même comme autant de coups de fouet sur sa peau d'écorchée.

La métamorphose se poursuivait mais, cette fois, l'impression de puissance avait disparu. Elle n'était plus que douleur.

Comme si l'homme qu'elle avait été se débattait au fond de la bête.

Elle étouffait.

— Il est là ! hurla soudain une voix dans son dos.

Elle se retourna lentement.

Sans s'en apercevoir, elle avait quitté l'abri des fourrés et se trouvait à découvert. À quelques pas, se dressait un groupe de moines. De solides gaillards armés de gourdins. Elle grogna, agitant les bras puis voulut fuir, mais son corps se dérobait et c'est d'un pas lourd, pesant, qu'elle se mit à courir.

Elle entendait la course des autres derrière elle. Leurs cris.

Et puis il y eut un sifflement. Une ombre passa.

Un filet retomba sur ses épaules.

Elle hurla, se débattit, se retrouva à terre.

Un coup de gourdin s'abattit sur son crâne.

Tout devint noir.

CHAPITRE 27

Les sourcils froncés, sire Raoul marchait de long en large dans l'étroite pièce. J'avais couru à l'hôtellerie et, accompagné de deux moines portant une civière, nous étions retournés chercher le cadavre.

La lueur des torches avait révélé d'épouvantables blessures mais surtout, malgré le sang qui le barbouillait, nous avions reconnu le sacristain, Jocelin !

Un sacristain vêtu comme un notable et non comme un religieux.

Une fois le corps à l'infirmerie, les moines nous avaient dit qu'ils allaient prévenir frère Thibaud et l'abbé. Après un bref conciliabule avec eux, sire Raoul m'avait entraîné vers notre cellule.

— Raconte-moi tout, Michel ! ordonna-t-il.

M'efforçant de retrouver mon calme, je cherchais par où commencer mon récit.

— J'ai demandé à voir le révérend abbé et vous

devrez vous expliquer sur la façon dont vous avez fait cette macabre rencontre, insista mon maître, mais avant je veux savoir exactement ce qui s'est passé.

Je n'hésitai plus et lui décrivis mes recherches dans la forêt, ma discussion avec le sacristain, les commentaires du portier, ceux de son frère, et, enfin, la découverte du corps non loin de la maison forte, passant juste sous silence le fait que j'avais carolé avec damoiselle Héloïse.

Sire Raoul m'écouta sans mot dire.

— Je ne te savais pas si fin limier, mais revenons à ce qu'a murmuré le sacristain avant de rendre l'âme. Es-tu sûr de toi ?

— Oui, messire. Hélas ! Je lui ai demandé : « Qui vous a fait ça ? » Et il a répondu : « Bois-Rob... » avant de mourir.

— Tu m'as dit qu'il n'y avait plus que deux Bois-Robert, la jeune Héloïse que je vois mal commettre un crime si terrible et son frère Renaud... Mais n'allons pas trop vite en besogne. Le corps paraissait déchiqueté par une bête sauvage.

— Quand je l'ai trouvé, il n'était éclairé que par la lune et j'ai d'abord pensé qu'on l'avait assassiné.

Mon maître semblait poursuivre ses réflexions sans que je puisse savoir où il voulait en venir.

— Que m'as-tu dit sur le vieux Bois-Robert...

— On l'a trouvé noyé dans la Seine, voici un

mois. Mais si vous pensez au droit mortuaire du sacristain, hormis un vêtement, Jocelin n'a pas dû retirer grand-chose. Les Bois-Robert sont ruinés et le père passait pour un avare. La jeune damoiselle doit épouser sans dot le gentilhomme de Beaumont. Quant à son frère, il passe son temps à la chasse et elle ne le voit plus.

— Renaud de Bois-Robert, répéta mon maître, Gautier de Beaumont... Nous avons fait brièvement connaissance.

Il n'ajouta rien. Je pensais, à part moi, que j'oubliais de lui signaler un détail qui pouvait se révéler important, mais lequel ? Mes idées s'enchevêtraient. Il était fort tard. Je sentais la fatigue peser sur mes paupières. Le sentiment fugace de tenir une piste menant à l'assassin avait disparu.

— J'aimerais comprendre pourquoi ce sacristain était vêtu comme un bourgeois, murmurait mon maître, davantage pour lui-même que pour moi. Et que faisait-il en dehors de l'enceinte à cette heure tardive ?

On frappait à la porte. Sire Raoul ouvrit et le prieur apparut sur le seuil.

— Pardonnez-moi de vous déranger à une heure aussi avancée, messire. Le père abbé vous fait dire qu'il vous recevra demain, vous et votre écuyer. Après l'office de tierce.

Il allait ressortir.

— Pardonnez-moi, mon père, demanda sire Raoul, mais votre infirmier a-t-il examiné le cadavre de ce pauvre sacristain ?

Adalbert répondit lentement, à contrecœur :

— Non point encore, messire. Il est fort occupé par un... frère malade.

L'infime hésitation n'avait échappé ni à mon maître ni à moi-même. S'il y avait un malade, ce n'était donc pas un moine. Que voulait-on nous cacher et pourquoi ?

Pourtant le chevalier n'insista pas, il s'était incliné respectueusement.

— Dites au révérend abbé que nous serons ponctuels, mon père.

— Dieu vous bénisse mes fils, fit le prieur en refermant derrière lui.

Chapitre 28

Quand la bête se réveilla, elle vit qu'elle était prisonnière dans un réduit sombre, une cave, attachée à la paroi par de solides chaînes.

Elle essaya de se libérer, tirant de toutes ses forces sur les attaches, poussant des hurlements de rage qu'étouffait un bâillon de cuir.

Les moines qui la gardaient reculèrent.

Un effroyable rictus déformait les traits du prisonnier qui n'avait plus d'homme que la forme. Il était trapu, pieds nus, les vêtements déchirés, les cheveux sales, le corps enduit de boue et d'excréments, les ongles trop longs.

— Ne vous inquiétez pas, les chaînes sont solides, les rassura l'infirmier. Mais ne l'approchez sous aucun prétexte ! Que l'un de vous aille prévenir l'abbé et le prieur que nous les attendons. Il faut procéder rapidement.

Quelques instants plus tard, quand les deux religieux entrèrent, ils s'arrêtèrent un moment sur le seuil, saisis par la vision de celui qui leur faisait face. L'abbé avait pâli. Il se signa. L'infirmier lui désigna la plaie purulente que le malheureux avait à l'une de ses mains, les doigts noirâtres et enflés.

— Il faut agir vite, mon révérend, dit-il. Je ne sais pas si nous pouvons encore le sauver, même avec l'aide de saint Hubert.

Un filet de bave coulait de la bouche entrouverte du blessé. Ses yeux étaient hagards.

— Du calme, disait l'infirmier d'une voix douce, du calme ! Nous voulons vous sauver.

Tout en parlant, frère Thibaud qui avait enfilé de minces gants de peau s'était approché avec l'un des moines. Le prisonnier parut revenir à lui. Une lueur de lucidité passa dans ses yeux, comme s'il reconnaissait ceux qui l'entouraient.

— Pourquoi n'ai-je pas pris la décision de le tailler plus tôt ? murmura l'abbé pour lui-même.

Pourquoi ne décidait-il jamais rien ? se demanda-t-il. Depuis peu, en fait depuis la mort de ce pauvre camérier, Eustache se sentait ébranlé dans ses plus intimes convictions. Il voyait bien que l'abbaye se mourait, que les moines n'allaient plus guère aux offices, tout juste aux réunions du chapitre, qu'ils étaient devenus menteurs, paresseux... Mais avant il se disait que c'était la volonté de Dieu. Aujourd'hui, en relisant les paroles de saint Benoît, en voyant cette pauvre chose qui gémissait dans ses liens, il s'était dit que c'était sa faute à lui, Eustache !

— Rappelez-vous, révérend, fit l'infirmier qui l'avait entendu, j'ai tout d'abord essayé de cautériser sa plaie avec la clé de saint Hubert, mais je n'ai pas dû aller assez loin.

— Le sang noir s'est répandu, reprit l'abbé, et qui sait si la mort d'Héribert tout comme celle de Jocelin...

— Pour frère Héribert, c'est impossible, il était lié sur sa couche à ce moment-là, mon révérend, protesta le prieur.

— Et rappelez-vous, sire abbé, il avait encore dans ses mains recroquevillées une touffe de longs poils gris. Des poils de loup, ajouta l'infirmier.

— Tout de même, les atroces blessures d'Héribert, ces griffures et ces morsures de bête sauvage, fit l'abbé Eustache en essayant de maîtriser le tremblement de ses mains. Les mêmes que sur le corps de Jocelin.

— C'était un loup sans doute, comme pour notre troupeau, rétorqua le prieur. Je ne peux penser que ce pauvre garçon ait pu tuer sauvagement...

— Qu'en savons-nous, mon frère, qu'en savons-nous ? Et qui sait ce que celui-là a pu faire d'autre quand il était en liberté ?

— Hâtons-nous, mon révérend, fit à nouveau l'infirmier.

Une écume blanche montait aux lèvres du prisonnier.

— Et que Dieu et saint Hubert nous viennent en aide ! murmura Eustache en se signant avant d'enfiler les gants que lui tendait le frère.

— Il nous faut aller vite. Mon révérend, vous glisserez le fil de saint Hubert dans l'entaille, déclara Thibaud. Frère prieur, vous aiderez à maintenir sa tête.

Les religieux acquiescèrent. Malgré leurs mines résolues, ils étaient livides.

L'infirmier avait sorti un poignard à la lame effilée d'une sacoche de cuir. Il s'approcha du brasero portatif qu'il avait fait placer à l'autre bout de la cave et y plongea le fer jusqu'à ce qu'il devienne incandescent.

— Êtes-vous prêts, mes frères ?

Les autres hochèrent la tête.

— Mon révérend, avez-vous le fil de la sainte étole ?

— Oui, murmura Eustache, en ouvrant une petite bourse de cuir fixée à sa ceinture.

L'infirmier s'approcha du prisonnier que ses gardiens maintenaient fermement. Effrayé, le malheureux, qui venait de voir l'arme, gémissait, bavait, roulait des yeux effrayés. D'un geste rapide, frère

Thibaud incisa la chair de son front, y traçant une croix d'où jaillit le sang.

Le prisonnier rua dans ses chaînes sous le coup de la douleur. D'un geste vif, l'abbé Eustache avait glissé dans sa plaie un mince fil blanc. L'infirmier referma les bords de la blessure. Le prisonnier râlait, le visage inondé de sang. L'abbé fit le signe de la croix et se détourna.

— Il va falloir attendre qu'il se calme, fit l'abbé qui s'était reculé, le visage en sueur. Que le mal noir s'en aille. Nous le garderons neuf jours ainsi qu'il est prescrit par saint Hubert. Ensuite, si Dieu le veut, il sera guéri.

Chapitre 29

Contrairement à mon maître qui s'endormait d'un coup, j'avais eu du mal à trouver le sommeil, me tournant et me retournant sur ma paillasse, en vain. Il me sembla même entendre résonner un lointain hurlement, vite étouffé. Je me dressais sur ma couche, le cœur battant, mais il n'y avait plus que le silence.

Je devais avoir rêvé.

Je restais un moment à fixer la meurtrière par laquelle entrait une lumière bleutée. Mon hermine n'était pas revenue. Elle me manquait. J'aurais aimé la sentir blottie contre moi. Je l'imaginais en train de chasser dans le verger. Je m'étendis à nouveau. Le cadavre de Jocelin se mêlait aux corps grisâtres des danseurs, au doux visage d'Héloïse...

Quand le chevalier me frappa sur l'épaule, je me redressai avec l'impression de n'avoir pas dormi du tout. Mon maître était déjà habillé, son mantel sur le dos, l'épée au côté.

Je repoussai ma couverture, posai mes pieds nus sur le dallage et bâillai. La faible lueur de l'aube pénétrait dans la cellule.

— Je t'attends sur le pré, en dehors de l'enceinte.

— Oui, messire.

Je me levai, enfilai rapidement mes braies, ma chainse et mes bottes, glissant ma lame à ma ceinture. Quelques minutes plus tard, après m'être lavé le visage à l'eau glacée de l'abreuvoir, je l'avais rejoint.

Il faisait beau et frais, les oiseaux chantaient, pourtant j'étais nerveux.

C'était la première fois que j'allais affronter mon maître.

Alors que je me dirigeais vers le pré, je ne pensais soudain plus qu'à ça, espérant que l'enseignement reçu à La Roche-Guyon auprès de Thierry de Lulle m'éviterait le déshonneur.

La haute silhouette de sire Raoul vint à ma rencontre. Le soleil passait juste au-dessus de la cime des arbres, éclairant l'herbe fauchée d'une lueur dorée. Le chevalier me tendit une veste matelassée que j'enfilais sur ma tunique.

— Es-tu prêt, Michel ?

— Oui, répondis-je.

Il s'était campé devant moi, son arme au poing. Son visage n'exprimait rien qu'un calme que je lui enviais. Mes jointures blanchirent autour de la garde de mon épée.

— Allez !

Je me jetai en avant, l'épée levée, attaquant avec violence. Le chevalier esquiva sans effort ma première charge. Je repartis à l'assaut et ne rencontrai à nouveau que le vide. Mon maître bougeait à peine mais anticipait mes gestes et, j'en étais sûr, la moindre de mes intentions.

Au bout d'un moment, alors que je n'avais pas réussi une seule fois à l'effleurer, je sentis la colère m'envahir. Je levai mon épée de taille et, une nouvelle fois, sire Raoul l'esquiva. Il se déplaçait, le visage grave, les gestes sûrs, me laissant m'épuiser en assauts répétés. Au lieu de ralentir mon rythme et de l'observer, emporté par la rage, je redoublais d'intensité, chargeant, reculant, assenant de grands coups. Sans penser à la fatigue.

J'étais rouge et en sueur. Et lui restait si impassible... Puis soudain, un sourire se dessina sur ses lèvres.

— À moi, maintenant, murmura-t-il.

Il avait à peine terminé ces mots qu'il avait entaillé profondément ma veste matelassée et m'avait désarmé. D'un seul geste, si rapide, si puissant qu'il ne me semblait même pas l'avoir vu. J'allais me baisser pour ramasser ma lame mais la pointe de la sienne touchait ma gorge. Je me figeai.

Il baissa son arme, et s'inclina pour me saluer.

Je m'inclinai à mon tour, la rage au cœur. Furieux contre moi-même.

— C'est bien, Michel. Maintenant, allons nous baigner au fleuve, puis nous irons à notre rendez-vous avec l'abbé Eustache.

Je ramassai mon épée et la remis au fourreau. Que voulait-il dire avec ce « C'est bien » ? Jamais de ma vie je n'avais eu aussi honte...

Comme s'il avait deviné mes pensées, sire Raoul se tourna vers moi.

— Fort est qui abat, plus fort est qui se relève, me dit-il avant de poursuivre son chemin d'un pas tranquille.

Chapitre 30

L'eau froide avait calmé ma colère. J'avais encore bien du chemin à parcourir avant de devenir chevalier.

Les cloches de Notre-Dame annonçaient l'office de tierce et nous remontions en silence vers l'abbaye quand j'aperçus la silhouette d'un moine qui marchait vers nous. C'était frère Augustin.

— Je vous cherchais. Il faut que je vous parle.

Il ne nous avait pas salués et ses mains tremblaient.

— Te voilà bien pâle, fit le chevalier dont le regard aigu s'était planté dans celui de son jeune frère.

— La crécelle des morts a retenti pour frère Jocelin. C'est un grand malheur. Dieu me pardonne. J'aurais dû... Nous aurions dû...

Il s'interrompit et regarda autour de lui, la mine inquiète.

— Désirez-vous que je vous laisse, messire ? demandai-je.

— Restez, messire écuyer, je vous en prie, répondit Augustin. Nous autres, moines, avons l'habitude de nous confesser devant tous, pendant le chapitre. Et je veux que vous aussi entendiez ce que j'ai à dire.

Je hochai la tête et m'écartai de quelques pas. Augustin s'était redressé. Il avait plus que jamais l'air perdu dans sa grande robe de bure.

— Tout d'abord, il est temps que vous sachiez pourquoi je suis ici, cela éclairera ce que j'ai à vous confier.

Le chevalier l'encouragea d'un signe de tête.

— Quand vous êtes parti en Orient, je ne rêvais que d'une chose, mon frère, c'était de vous y rejoindre. De devenir chevalier à mon tour. Comme vous que j'admirais tant...

La voix d'Augustin s'était cassée sur cet aveu.

— Ce n'est pas ce que m'a dit notre père, murmura le chevalier.

— Vous étiez son fils préféré et il m'en voulait de vivre paisiblement à ses côtés alors que vous risquiez votre vie sur les remparts de Jérusalem. Dix jours après votre départ, il m'a donné à l'abbé Guillaume avec quelques-unes de nos terres. J'avais huit ans.

— Moi qui croyais que c'était ton choix, petit

frère…, murmura sire Raoul, utilisant pour la première fois ce « petit frère » affectueux qu'il devait employer jadis.

Un pauvre sourire se glissa sur le visage du religieux.

— Le seul choix que j'ai eu a été de trouver la paix entre ces murs. Et je l'ai trouvée. Je me suis consacré à la prière et, le reste du temps, je jardinais. J'étais heureux… jusqu'à la mort de l'abbé Guillaume. Ensuite, Eustache a été élu et tout a changé.

— Explique-toi !

— L'abbé a laissé le pouvoir aux mains du prieur.

Le petit moine hésita puis ajouta, d'une voix sourde :

— Quand je vous ai parlé de confession, mon frère, c'était vrai. Je dois me confesser à vous, car je n'ai pas été digne du nom que nous portons.

Il regarda la position du soleil dans le ciel.

— L'office de tierce va bientôt s'achever, mon frère. Peut-être devrais-je vous conduire près de l'abbé ?

— Je préfère t'entendre d'abord.

Après une dernière hésitation, le moine commença :

— Notre abbaye va mal, mon frère. Une épine est enfoncée dans sa chair et une poche de pus s'est formée autour. Il faut l'extraire avant que le mal ne gagne tout le corps. Vous devez nous y aider.

— Continue.

— Notre camérier Héribert est mort trois jours avant votre arrivée. On a dit que son cœur avait lâché. C'est sans doute vrai, mais celui qui l'a trouvé, un novice du nom de Drogon, m'a expliqué qu'il semblait avoir été massacré par une bête sauvage. Tout comme Jocelin. Un carnage !

Voilà ce dont j'avais oublié de parler à mon maître : la mort du camérier Héribert. Ce nom que répétait le pauvre fou.

— Tout cela a tellement effrayé Drogon qu'il en a perdu la raison. Vous avez dû le croiser, il gesticule, cause tout seul. Il est hors de lui.

Sire Raoul hocha la tête.

— De quoi s'occupait ce camérier ?

— Le rôle des officiers varie d'une abbaye à l'autre mais chez nous, Héribert s'occupait de l'argent, des reliques, des archives, des titres de propriété, et des contrats. C'était un poste important.

Le camérier, le sacristain... Deux des officiers de l'abbaye emportés coup sur coup, de mort violente. Je comprenais l'inquiétude de frère Augustin.

— Tu me parlais du fait que ton abbé ne voulait pas le pouvoir. Que s'est-il passé après les élections ?

— Les moines travaillaient de moins en moins, n'observaient plus la règle de silence, tout juste s'ils allaient aux offices.

— Pourquoi n'as-tu pas écrit au légat du pape ou à l'évêque de Lisieux pour qu'il y ait une enquête ? Ils auraient envoyé un *missi dominici*, un religieux chargé d'enquêter.

— Qui m'aurait écouté, moi si jeune et « donné à Dieu » ? Je me suis consacré aux pèlerins, en espérant lâchement que tout s'arrangerait... Et voyez ce qui est arrivé.

Il baissa la tête.

— Les moines savaient que leur sacristain, Jocelin, menait une double vie ?

— Ce n'était un secret que pour l'abbé Eustache, avoua Augustin. Jocelin n'était pas un mauvais homme. Il avait même une certaine morale dans son immoralité...

— Sans cela, il serait peut-être encore en vie.

— Il possédait une maison non loin de la léproserie. On dit que des femmes venaient lui rendre visite et que le vin y coulait à flots.

— Mais si votre abbé ne disait rien, que faisait votre prieur ?

— Adalbert savait tout et excusait pour rester le maître de Jumièges.

— Un piètre maître quand on voit l'état de l'abbaye.

Une cloche résonna dans le lointain.

— L'office de tierce s'achève, remarqua Augustin nerveusement.

— Avant d'aller rejoindre l'abbé, encore une chose. Conduis-nous à l'infirmerie, je veux revoir le cadavre de frère Jocelin.

— Mais l'abbé vous attend à la salle du chap...

— Nous ferons vite, je te le promets, le coupa le chevalier.

VII

« TANTÔT LA RIGUEUR DU MAÎTRE...

Chapitre 31

Quand nous sommes entrés à l'infirmerie, le chevalier et moi, le frère infirmier achevait de nettoyer le corps avec un linge trempé dans du vinaigre qu'il rinçait ensuite dans une bassine à l'eau rougie.

L'odeur fade du sang flottait dans l'air. Sur un banc étaient posées des bottines de cuir fauve, une tunique et des braies en lambeaux sur lesquelles scintillait une lourde chaîne de vermeil.

Je n'oublierai jamais la vision de Jocelin allongé nu sur une table, les membres raidis, sa peau blanche comme celle d'un bourgeois, sillonnée de profondes entailles. « Ce » ou celui qui lui avait fait ça s'était acharné. Le visage livide et grimaçant était si balafré qu'il en était presque méconnaissable.

L'infirmier, un moine à la carrure solide, aux mains comme des battoirs de lavandière, s'était tourné vers nous. Il avait les traits tirés et les yeux cernés de fatigue.

— Que faites-vous là, messire ? demanda-t-il d'une voix lasse.

Mon maître s'était approché, le regard fixé sur la dépouille du sacristain.

— C'est mon écuyer qui a trouvé frère Jocelin. Je voulais revoir le corps et avoir votre avis sur sa mort, mon frère.

— Les loups l'ont massacré, mais ils n'ont pas eu le temps de le dévorer, voilà tout, jeta le moine sans conviction.

Mon maître s'était penché.

— On pourrait penser cela, pourtant, quelque chose me dit...

Avant que l'infirmier ait pu l'en empêcher, il glissa sa main sous la nuque du malheureux et, soulevant sa tête, palpa le crâne tonsuré.

— Aidez-moi à le retourner, voulez-vous ?

Il y avait tant de calme autorité dans la voix du chevalier que l'infirmier obéit.

Je m'approchai.

— Jocelin est sans doute mort sur le coup, déclara le chevalier après un bref examen. Ensuite, son assassin n'a plus eu qu'à déguiser son crime...

— Son assassin, mais..., protesta l'infirmier.

Il n'en dit pas davantage. Le prieur venait d'entrer, suivi de l'abbé Eustache.

— Que faites-vous là, messire Raoul ? demanda Adalbert qui, comme d'habitude, avait pris la parole à la place de l'abbé. Nous vous attendions à la salle du chapitre, le révérend et moi-même.

Mon maître s'inclina.

— Pardonnez-moi, mon révérend, et vous aussi, père abbé. Il n'était pas dans mon intention d'être discourtois. Mais il se passe ici des choses bien étranges.

— Que voulez-vous dire, messire ? demanda l'abbé Eustache.

— Non content d'avoir assassiné votre camérier Héribert, on a fait de même à votre sacristain, mon révérend.

— Assassiné !

Le teint de l'abbé était devenu grisâtre. L'infirmier avait baissé la tête. Seul le prieur protesta :

— Mais que dites-vous ? Et qui vous a parlé de frère Héribert ?

Mon maître se taisait. Son regard s'était planté dans celui de l'abbé.

— Et puis, vous n'êtes pas infirmier que je sache, continuait le prieur.

— Non, mon père. J'ai juste eu l'occasion d'aider quelques médecins venus de Cordoue sur les champs de bataille d'Orient. De toute façon, il ne faut pas être grand clerc pour reconnaître un coup de gourdin ! Regardez vous-même, mon père, ajouta-t-il en désignant l'enfoncement que je venais de remarquer à la base du crâne de Jocelin, sous la tonsure.

Chapitre 32

Je marchais de long en large dans le couloir qui menait à la salle du chapitre, en attendant que mon maître, qui s'était enfermé avec l'abbé Eustache, m'appelle.

Le prieur et l'infirmier, assis côte à côte sur un banc, se tenaient immobiles, très raides. Le premier, silencieux, le regard fixe ; le second marmonnant des prières.

L'excitation de cette longue matinée était retombée et je ne ressentais plus qu'une intense fatigue. Frère Augustin avait disparu. Je finis par m'asseoir, moi aussi. L'entretien entre sire Raoul et le révérend se prolongeait. Un moine à cheveux blancs et au dos voûté arriva, s'appuyant sur une canne, suivi d'un novice qui portait d'énormes livres aux épaisses couvertures de cuir.

J'avais cru reconnaître le chancelier Robert, un des officiers de l'abbaye, celui qui, d'après Augustin, était chargé des registres. Le novice ressortit seul et l'attente reprit. Interminable.

Je dus finir par m'assoupir car le grincement de la porte me réveilla en sursaut. Mon maître était apparu sur le seuil.

— Michel ! appela-t-il.

Je me levai aussitôt, tandis que le prieur faisait de même.

— Le père abbé désire entendre mon écuyer et seulement lui, père prieur, fit le chevalier en l'arrêtant d'un geste.

Adalbert se rassit, une expression contrariée sur le visage. Pour la première fois, sans doute, la situation lui échappait. Lui que j'avais vu à de nombreuses reprises prendre la parole en lieu et place du révérend abbé se trouvait relégué à la porte comme un novice.

Je refermai derrière moi et restai un moment immobile, impressionné par la longue pièce dans laquelle je venais de pénétrer. Rectangulaire comme la plupart des salles capitulaires, elle donnait sur le cloître et une abondante lumière y pénétrait.

Assis dans un fauteuil cathèdre, non loin de lutrins portant la Bible et la règle de saint Benoît, l'abbé me fixait. Il s'était changé, quittant sa robe de bure pour une chasuble orfraisée. Il avait soudain l'air de ce qu'il devait être, le supérieur de l'abbaye, le maître après Dieu de ce grand navire de pierres.

De part et d'autre de la salle, formant une allée que je remontais lentement derrière sire Raoul, étaient alignés les bancs vides des moines. Sur une table, devant le chancelier, assis, l'air accablé, étaient ouverts de grands registres de cuir.

Une odeur de cire et d'encens flottait dans l'air. Je m'inclinai, posant un genou en terre.

— Relevez-vous, mon enfant, fit Eustache.

À son doigt brillait l'anneau d'or frappé aux armes de Jumièges, le sceau abbatial, insigne de son rang. Sa voix me surprit par sa fermeté inhabituelle.

— Je souhaite, mon fils, reprit-il, que vous me racontiez tout ce que vous avez vu, depuis votre arrivée en terre gémétique jusqu'à la découverte du cadavre du sacristain, hier au soir, après la cérémonie du loup vert.

— Bien, révérend père abbé.

Et je me lançai dans mon récit.

— Vous êtes sûr que le sacristain a prononcé le nom de Bois-Rob... avant de mourir ?

— Oui, mon révérend.

— Merci, mon fils, fit l'abbé. Et maintenant, si vous le voulez bien, demandez au prieur et à l'infirmier de nous rejoindre.

Le chevalier s'était placé à la gauche de l'abbé, immobile et droit, le visage impassible. Je m'inclinai à nouveau avant de sortir et allai chercher les deux religieux.

Le prieur Adalbert entra, très sûr de lui, l'infirmier sur ses talons. Après s'être incliné devant l'abbé, il ouvrit la bouche pour prendre la parole.

— Asseyez-vous, frère prieur ! ordonna sèchement l'abbé. Je ne vous ai pas donné la parole.

Le prieur referma la bouche, baissa la tête et obéit. Eustache s'était tourné vers l'infirmier.

— Mon fils, je souhaite que vous réunissiez frère Augustin, le cellérier Hugues et le préchantre Simon. Et que ce pauvre Drogon vous accompagne.

— Bien révérend, acquiesça frère Thibaud qui ressortit aussitôt.

La porte se referma.

Ainsi, l'abbé avait décidé de convoquer ses officiers.

En attendant qu'ils nous rejoignent, j'observais le prieur. Il avait changé de visage. Son arrogance avait fait place à une brusque colère, puis à de l'incompréhension. Il fixait l'abbé Eustache, croisant et décroisant nerveusement ses longs doigts, essayant en vain de trouver une attitude qui lui redonne le statut qu'il venait de perdre.

Enfin, il y eut un bruit dans le couloir et, lentement, les religieux entrèrent l'un derrière l'autre, leurs sandales de cuir glissant sur le parquet ciré. Après s'être longuement inclinés devant le père abbé, ils se dirigèrent vers leurs places respectives et restèrent debout devant leurs bancs.

Il y avait là des hommes que je ne connaissais pas autrement que pour les avoir aperçus à vêpres. Heureusement, frère Augustin me les avait désignés dans la cour la veille, m'énumérant leur fonction. Le cellérier Hugues, celui qui était entré le premier, avait le rôle d'économe ou d'administrateur général, c'était un homme replet au visage rouge. Derrière lui était apparue la silhouette élancée du préchantre Simon, l'officier qui réglait les offices et dirigeait le scriptorium. Enfin, frère Augustin fermait la marche avec l'infirmier, soutenant le pauvre Drogon qui, pour une fois, se taisait, impressionné par le silence de la salle capitulaire.

Frère Thibaud referma la porte.

Nous étions au complet.

CHAPITRE 33

— Prions, mes frères, avant que ne commence cette réunion extraordinaire de notre chapitre.

Les religieux récitèrent le *Notre-Père,* puis l'abbé reprit la parole :

— J'ai demandé à messire Raoul et à son écuyer de rester avec nous et de nous assister dans notre quête de la vérité. Ils ont accepté et je les en remercie.

Puis, il alla au lutrin portant la règle de saint Benoît et lut :

— « L'abbé doit toujours se souvenir de ce qu'il est, se souvenir du nom qu'il porte, et savoir qu'on exige davantage de celui à qui on confie davantage. » Vous m'avez élu, mes frères pour que je sois votre abbé. Pour que j'exerce « tantôt la rigueur du maître, tantôt la bonté du père »...

Le cellérier se pencha vers le préchantre pour lui murmurer à l'oreille.

— Silence, mes frères !

La voix d'Eustache avait claqué et ses officiers se figèrent. Sans doute ne leur avait-il jamais parlé ainsi ? D'instant en instant, il me semblait voir sa silhouette se redresser et son autorité s'affirmer. Que s'était-il passé entre mon maître et lui qui avait provoqué ce changement radical ? Quels mots avait-il su trouver ?

Je ramenais mon attention vers l'abbé qui avait repris :

— L'affaire que nous avons à juger aujourd'hui est sans doute la plus épouvantable que ce lieu sacré ait connue. D'autant plus parce qu'elle a pris naissance au cœur même de cette abbaye. Nous sommes ici aujourd'hui pour trouver pourquoi frère Héribert et frère Jocelin ont été lâchement assassinés.

Un murmure horrifié parcourut les religieux qui fixaient d'un air incrédule leur abbé. Le pauvre fou, Drogon, que le nom d'Héribert avait fait sursauter, s'était mis à se balancer d'avant en arrière en murmurant son nom.

— J'ai longtemps été aveugle et sourd, mais aujourd'hui j'entends et je vois ! poursuivit l'abbé. Je sais que bien des choses m'ont été cachées. La faute m'en incombe, mais je ne la commettrai plus, j'en fais serment devant vous tous ici et maintenant, et devant messire Raoul et son écuyer.

Tout en parlant, Eustache avait posé sa paume sur la Bible, tandis que son regard croisait celui du prieur qui baissa la tête.

— J'ai appris que frère Jocelin vivait une double vie, qu'il possédait une maison et qu'il volait le bien des morts... Tout cela ne serait pas arrivé si j'avais eu « la rigueur du maître ». Quant à frère Héribert, nous avons découvert, le chevalier et moi, quelle a été sa faute. Que Dieu lui pardonne. Qu'Il nous pardonne tous, car nous sommes une communauté et sa faute rejaillit tout entière sur notre assemblée.

Eustache s'arrêta. Sa métamorphose était si complète que même son visage ne semblait plus le même. Toute crainte, toute mollesse s'en était effacée. Ses traits s'étaient éclaircis, purifiés.

— Si l'un d'entre vous a quelque chose à dire, qu'il se confesse maintenant, librement et devant tous.

Les têtes s'étaient inclinées, mais personne ne bougea.

— Puisqu'il en est ainsi...

La voix de l'abbé monta d'un cran.

— Asseyez-vous, mes frères !

Il y eut un brouhaha de bancs qu'on repousse.

— Messire Raoul ! La parole est à vous.

Mon maître s'inclina devant l'abbé, puis se tourna vers les moines.

— Merci, mon révérend. Je ne perdrai pas de temps en vaines paroles. Deux de vos frères ont trouvé la mort, un autre est devenu fou... Et depuis des années, on vole les morts et aussi les biens appartenant à l'abbaye de Jumièges. Frère chancelier, dites-nous ce que nous avons trouvé en fouillant dans les registres.

Le vieux moine Robert se racla la gorge. Il était très pâle et ses mains tremblaient.

— Le registre concernant le droit mortuaire n'est rempli que par la mention des noms des personnes décédées et aucunement par la liste des biens qui ont été pris par le sacristain.

— Continuez, mon frère !

— Sur les cinq dernières années, quelques terres sans grand rapport ont été vendues sans que figure le sceau de l'abbé.

— Et ensuite ?

— Enfin, une forêt, une pêcherie dans l'embouchure de la Seine, des terres et un moulin appartenant à Jumièges ont été cédés il y a un mois, affirma-t-il.

— Une vente en bonne et due forme, celle-là, où figurait comme il se doit le sceau de l'abbé, n'est-ce pas ?

— Oui.

La voix du chancelier n'était plus qu'un murmure.

— Or l'abbé Eustache n'a jamais été informé de cette vente, n'est-ce pas ?

— Non.

— Comment expliquez-vous cela ?

Le chancelier jeta un regard désespéré vers le prieur.

— Répondez au chevalier, frère Robert ! ordonna l'abbé. Que ma faute soit rendue publique.

— Jusqu'à ce jour, notre révérend père avait déposé son sceau dans un coffre dont le prieur, Héribert et moi-même avions les clés... C'est nous qui gérions les biens en lieu et place de l'abbé.

J'étais stupéfait. Un court instant, mon regard croisa celui d'Augustin dont les yeux s'étaient écarquillés. Comme pour un comte, un prince ou un roi, le sceau était, je le savais, l'emblème du pouvoir, un pouvoir que l'abbé Eustache avait refusé dès son élection, allant jusqu'à laisser l'usage de son sceau à ses officiers. La faute était d'une gravité extrême. Jumièges avait été abandonnée par celui qui devait la diriger, et comme un navire sans capitaine, elle avait heurté les récifs, causant la mort de membres de son équipage, manquant sombrer à jamais...

— Qui a acheté ces terres et pour quel prix ? continuait mon maître.

— La vente a été faite pour le compte du chevalier de Bois-Robert qui a payé son achat en markas d'argent.

— Et cette grosse somme n'est jamais rentrée dans vos caisses. Nous l'avons vérifié.

Le vieux religieux baissa la tête.

— Frère Héribert, Dieu ait son âme, était sous l'influence du sacristain Jocelin. Il a dû utiliser le sceau..., bégaya-t-il.

— Vous saviez qu'il l'avait utilisé et qu'il avait vendu ces terres puisque vous les avez inscrites dans votre registre, rétorqua le chevalier.

Le religieux se leva non sans difficulté. S'appuyant sur sa canne et traversant la salle, il alla se placer devant l'abbé.

— Ce n'est pas moi... Pardonnez-moi, mon père, je n'ai pas été digne de votre confiance.

— Votre faute est aussi la mienne, frère Robert, répondit gravement l'abbé. Je vous écoute.

— Je ne faisais plus mon ouvrage depuis longtemps, mon révérend, reprit le chancelier. Héribert remplissait les registres à ma place.

Un moment passa. Le vieillard restait devant l'abbé, les jambes flageolantes.

— Je vous entendrai en confession après le chapitre, mon frère. Allez vous rasseoir !

— C'est donc frère Héribert qui a rempli ces registres sans que quiconque, hormis Jocelin, n'en soit informé, reprit mon maître. Frère Héribert, qui avait demandé à se confesser à vous, sire abbé. Il allait sans doute avouer ses fautes... si on ne l'avait tué sauvagement avant.

Le chevalier laissa cette dernière phrase résonner sinistrement sous la voûte.

— Mais revenons au bénéficiaire de cette vente. Frère Jocelin a empoché les markas d'argent, et le sire de Bois-Robert est reparti avec ses titres de propriété. Cela n'a porté chance à aucun des deux puisque le sacristain est mort de la même façon que frère Héribert. Et vraisemblablement de la même main. Quant au chevalier de Bois-Robert, il s'est noyé, je crois, peu de temps après l'achat.

Adalbert était devenu très pâle.

— Ce n'est pas moi, messire. Ce n'est pas moi, mon révérend, jeta-t-il soudain.

— Vous étiez pourtant leur supérieur, et celui en lequel l'abbé avait mis toute sa confiance. Nous ne pouvons pas croire que vous ignoriez les malversations du sacristain ni son petit commerce.

Adalbert s'agenouilla devant l'abbé et se frappa la poitrine.

— Ce n'est pas moi, mon père, je vous le jure.

— Comment pourrais-je vous croire, mon fils ? fit tristement Eustache. Vous que je considérais comme mon frère en Dieu.

— Je voulais vous protéger...

— Et surtout rester le maître de l'abbaye ! Mais

ce n'est pas vous qui avez été élu, Adalbert, mais moi, Eustache !

Adalbert était devenu blême.

— Quand Jocelin m'a parlé de vendre des terres, je ne savais pas ce qui allait suivre, je vous le jure.

— Frère Jocelin vous a-t-il donné de l'argent ? demanda le chevalier.

— Oui, messire. Mais je vais le rendre. Je rendrai tout. Je ne suis pour rien dans la mort de nos frères. Il y avait quelqu'un d'autre. (Il se reprit comme s'il avait été trop loin et ajouta :) Frère Jocelin traitait avec des marchands.

— Ce n'est pas de marchands que vous vouliez parler quand vous disiez « quelqu'un d'autre », tonna la voix de l'abbé. Vous protégez quelqu'un ! Avouez Adalbert, ma patience a des limites !

— Je ne le protège pas, mais je le crains comme frère Héribert le craignait, s'écria le prieur. Je ne sais pas qui était cet autre, je vous le jure, père abbé. Jocelin ne m'en a parlé qu'une fois et sans le nommer. L'autre le tenait sous sa coupe depuis bientôt cinq ans et il en voulait toujours davantage. Jamais Jocelin n'aurait de son propre chef vendu les terres de l'abbaye. Non.

— Dieu fasse que vous ne mentiez pas, mon fils.

Le silence retomba.

Le prieur s'était affaissé sur lui-même comme une poupée de chiffons. Je ne comprenais pas pourquoi ni l'abbé ni le chevalier ne le poussaient à avouer, car ce devait être lui le criminel. Qui d'autre sinon ? Pourtant, tout en contemplant la forme prostrée sur le dallage, des doutes me venaient. Celui qui avait si froidement exécuté ses complices ne s'effondrerait pas comme ça. Il se battrait. Il protesterait jusqu'au bout. Il devait être d'une autre intelligence que cet homme qui ne rêvait que de pouvoir mais était incapable de l'assumer autrement qu'en flattant les vices de ses compagnons.

— Nous savons qu'avant de mourir frère Jocelin a prononcé le nom de Bois-Robert. Le chevalier avait deux héritiers, le sire Renaud et damoiselle Héloïse, reprenait le chevalier. Or je n'ai à aucun moment rencontré sire Renaud...

— Sire Renaud est chez nous, messire chevalier, avoua soudain l'abbé Eustache. Il nous a demandé asile et protection, nous les lui avons accordés.

— Asile et protection ? Pourquoi ? Que voulez-vous dire, révérend abbé ?

Eustache échangea un long regard avec l'infirmier.

— Il n'est plus temps de cacher quoi que ce soit.

Il se leva.

— Venez, messire chevalier, et vous aussi, mes frères.

Chapitre 34

Je ne m'attendais pas à ce que j'allais découvrir. Nous avions suivi l'infirmier dans un long couloir avant de prendre un escalier qui s'enfonçait dans les profondeurs de l'abbaye.

Les parois sentaient le salpêtre et l'humidité. Des gouttes d'eau glacée me tombaient dans le cou. Le sol de terre battue résonnait sous mes pas. Je frissonnais malgré moi. Me rappelant les souterrains de La Roche-Guyon où j'avais failli perdre la vie.

— Ce sont nos caves, murmura Augustin qui marchait derrière moi. Nous y entreposons les tonneaux de vin et l'une de ces pièces sert de prison pour les religieux qui ont enfreint la règle de saint Benoît.

Notre guide s'était arrêté dans une vaste salle souterraine où s'ouvraient plusieurs portes. Un moine assis sur un tabouret se leva précipitamment en nous voyant et s'inclina devant l'abbé. Il gardait un solide vantail de chêne, muni d'un guichet.

— Comment va notre malade ? demanda l'infirmier.

— Il est plus calme, mon frère, mais il ne cesse de parler tout seul.

— Ouvrez le guichet, messire chevalier, et regardez.

Le chevalier s'approcha puis se recula, il était très pâle.

Tous les officiers regardèrent à leur tour par le guichet, et ce fut mon tour.

Tout d'abord je ne vis rien, puis mes yeux s'accoutumèrent à l'obscurité relative de la cave et j'aperçus une créature affalée sur un tas de foin, les mains aux ongles trop longs retenues à la paroi par de longues chaînes.

Il était demi-nu, les vêtements en lambeaux, les cheveux souillés, le front barré d'une cicatrice sanglante... Une terrible odeur fauve m'assaillait les narines. Et soudain, je compris tout : la bête dans les bois, celle qui avait poursuivi Héloïse, que j'avais sentie derrière moi, que j'avais appelée le « loup-garou », que d'autres surnommaient le « loup vert »... était cet homme ensauvagé, l'infortuné Renaud de Bois-Robert.

— Sire Renaud de Bois-Robert a été mordu par son chien, un grand dogue, voici une semaine, expliqua l'infirmier. Il a essayé de tuer l'animal, mais celui-ci s'est enfui dans la forêt. Comme sa plaie le faisait atrocement souffrir, sire Renaud est venu nous voir pour nous demander de l'aide. Il avait peur d'avoir la rage... Nous l'avons donc enfermé et ligoté à l'infirmerie, appliquant la clé de saint Hubert sur sa plaie. Mais le mal a été plus fort. La nuit précédant votre arrivée, il a disparu et nous sommes partis à sa recherche.

Je me rappelai soudain les moines que j'avais vus passer avec des gourdins.

Le mal noir. La rage. Ce sang mauvais qui rend fou et tue bêtes et hommes.

— Comment a-t-il fait pour se libérer s'il était ligoté ? demanda le chevalier.

— Le moine qui le gardait s'était assoupi et quand il s'est réveillé, messire Renaud n'était plus là et ses liens gisaient, tranchés net sur le sol.

— Quand l'Ancien du village nous a dit que le troupeau avait été décimé, nous avons d'abord songé à lui... avant de nous dire que ce ne pouvait qu'être son dogue ou un loup. Nous avons fait appel au louvetier de Lisieux tandis que les chasseurs de Conihout partaient, eux aussi, pour les traquer.

— Pourquoi ne pas avoir dit franchement ce qui se passait aux villageois et aux moines ? demanda mon maître.

— Les Anciens et leur chef Drogtegand étaient d'accord avec nous pour cela. Il fallait éviter une panique générale. Ensuite, nous espérions attraper très vite messire de Bois-Robert et nous ne voulions pas trahir notre engagement vis-à-vis de lui.

— Renaud de Bois-Robert était à l'infirmerie quand frère Héribert est mort ?

— Oui.

— Son emprisonnement n'arrangeait sans doute pas celui qui avait imaginé tout cela, remarqua le chevalier. On peut même imaginer que c'est lui qui l'a libéré, afin qu'il soit le coupable idéal.

— Mais votre écuyer a dit que frère Jocelin a prononcé le nom des Bois-Robert, n'était-ce pas pour accuser son assassin ?

— Ou pour nous avertir du danger qui planait sur messire Renaud et les siens. (Il regarda vers le guichet.) Arrivera-t-il à survivre ?

L'infirmier se signa.

— Je l'espère, mais le mal a été fort loin. Dieu le sauve.

VIII

...TANTÔT LA BONTÉ DU PÈRE »

Chapitre 35

L'abbé, le chevalier et moi-même étions de retour dans la salle capitulaire. Les officiers avaient été congédiés, le prieur Adalbert enfermé à double tour dans sa cellule en attendant qu'on statue sur son sort.

— Nous ne savons toujours pas qui est le criminel, fit l'abbé Eustache d'un ton soucieux.

Je tournai et retournai dans ma tête tout ce que j'avais entendu et vu depuis notre arrivée.

— Il faudrait fouiller la maison du sacristain, déclarai-je soudain.

— Sur les conseils de messire Raoul, j'ai envoyé un de mes religieux à sa demeure ce matin, mais tout a été retourné, fit l'abbé. Le criminel y avait songé avant nous.

Je fronçai les sourcils et repartis dans mes réflexions. À qui profitait le vol des terres et du moulin ? Aux Bois-Robert, bien sûr. À ce pauvre Renaud que le criminel voulait faire accuser de meurtres. Qui allait sans doute mourir.

Il ne resterait donc plus qu'Héloïse qui vivait si chichement dans son manoir en ruines...

Au moment même où, en mon for intérieur, je prononçais le nom d'Héloïse, la vérité m'apparut tout entière. J'avais enfin compris.

— Le criminel est Gautier de Beaumont, révérend abbé ! Ce ne peut être que lui !

J'avais parlé avec tant d'assurance que l'abbé mit un temps avant de protester :

— Le sire de Beaumont était le meilleur ami de Renaud de Bois-Robert, commença-t-il.

— Et il doit épouser sans dot la pauvre damoiselle Héloïse, poursuivis-je. Un geste généreux... sauf s'il savait qu'il hériterait ainsi de terres, de forêt, de pêcherie et de moulin !

Je me tournais vers mon maître qui m'encouragea du regard.

— Je me rappelle enfin ce qui m'échappait, messire. Le jour de notre arrivée, j'ai été le témoin d'une discussion houleuse entre Gautier de Beaumont et le sacristain. Ils semblaient se disputer et se sont séparés brusquement en nous voyant. On peut penser que Jocelin aussi voulait tout arrêter. Qu'il allait dénoncer celui qui avait tué frère Héribert.

— Michel a raison. Comment ne l'avons-nous pas compris plus tôt ? Beaumont mène grand train, un peu trop sans doute pour un petit seigneur aux terres rognées par les guerres entre l'Angleterre et la France. Il a enfin trouvé là l'occasion de surpasser le sire de Clères, son rival depuis toujours. Les territoires volés à l'abbaye et ceux des Bois-Robert feront de lui le possesseur de la quasi-totalité de la terre gémétique.

— Il faut le trouver, messire, et vite ! m'écriai-je.

Je ne pensais plus qu'à Héloïse. Héloïse qui croyait être aimée. Qui allait épouser un meurtrier et un parjure, un homme qui avait trahi son frère...

— Je l'ai vu aux écuries avec le sire de Clères ! fit sire Raoul. Mon révérend, nous devons le saisir avant qu'il ne devine qu'il est découvert.

Chapitre 36

J'entendis de loin les hennissements des chevaux, et les aboiements des lévriers du sire de Clères. Devant les écuries se tenaient les seigneurs et leurs vassaux, admirant les palefrois et les destriers que les écuyers conduisaient tout harnachés vers leurs maîtres.

Il y avait là des hongres à la robe pommelée, à la crinière et à la queue soigneusement tressées, des palefrois richement caparaçonnés de soie rehaussée de fils d'or et d'argent. Les chanfreins étaient sertis de pierres précieuses, les selles faites des plus beaux cuirs de Cordoue.

Au milieu de sa suite se dressait le sire de Clères, vêtu d'un manteau et d'un bliaud de samit vermeil, en grande conversation avec Gautier de Beaumont, sur la poitrine duquel s'étalait un fermail scintillant.

En les voyant, je ne pus m'empêcher de songer à deux coqs en train de se défier. Dressés l'un devant l'autre, ils se souriaient, et leurs sourires avaient la froideur du fer de leurs épées.

Je marchais vite, pressé d'en finir. De me trouver face à l'homme qui se prétendait le fiancé d'Héloïse alors qu'il ne songeait qu'à la voler et à la souiller. Derrière moi venaient le chevalier puis l'abbé, encadré par ses moines.

Notre arrivée ne passa pas inaperçue mais, j'aurais pu en jurer, Beaumont nous vit avant les autres. Il tenait par la bride son destrier, une bête magnifique au poitrail large et au jarret puissant. Les chevaliers s'écartèrent pour nous laisser passer. Le sire de Clères s'étonna :

— Que nous vaut cet empressement, messire Raoul ? demanda-t-il. Vous aussi, vous venez admirer mes chevaux ?

— Une autre fois, peut-être, messire de Clères, non, je désire juste parler à Gautier de Beaumont.

— Eh bien, je suis là, sire Raoul ! déclara celui-ci avec hauteur.

— Je voulais vous avertir du fait que messire Renaud de Bois-Robert avait repris connaissance, sire de Beaumont. Comme vous êtes son ami...

Le beau visage aux traits réguliers se troubla à peine. Il possédait une maîtrise que je lui enviais malgré moi.

— Ma foi, je ne le savais pas malade, déclara-t-il. Ma fiancée m'a dit qu'il était parti à la chasse. C'est vrai que cela fait fort longtemps que nous ne nous sommes vus.

Les chevaliers s'étaient écartés pour laisser passer l'abbé et les religieux.

— Messire Renaud vous accuse d'avoir volé des documents appartenant à son père, continua sire Raoul, imperturbable.

— Si ce n'était vous qui me disiez cela, messire, je vous ferais rentrer ces mots dans la gorge, gronda-t-il.

— Et si c'était moi ! tonna la voix de l'abbé Eustache. Que feriez-vous sire de Beaumont ? Que feriez-vous si, de plus, je vous accusais d'avoir tué deux de mes religieux ?

Tout se passa très vite.

Le sire de Clères poussa un cri de surprise et s'effondra sur le sol, une large tache rouge allant en s'élargissant sur son bliaud. Son écuyer se précipita. L'abbé tomba, bousculé par Beaumont qui, après avoir blessé son rival, avait sauté en selle avant que quiconque puisse l'en empêcher.

Le puissant destrier fonça dans la foule des vassaux qui s'écarta, lui livrant passage. On entendit un cri de douleur, le portier tomba à son tour. Beaumont franchit le portail grand ouvert et disparut à notre vue.

Arrachant des mains d'un écuyer la bride d'un

palefroi, je l'enfourchai et me lançai à la poursuite de mon ennemi.

— Michel ! hurla le chevalier.

Mais je talonnai mon cheval et franchis à mon tour le portail.

Un nuage de poussière entourait la silhouette qui filait sur la route devant moi. Sa bête était plus rapide que la mienne. Moins fatiguée aussi que celle que je cravachais en vain.

Un virage le déroba à ma vue. J'arrivai à une fourche. D'un côté la route de Saint-Wandrille, de l'autre la voie menant au manoir d'Héloïse. Le sol était trop sec pour qu'y subsiste une trace, et avec le vent contraire, je n'entendais pas le bruit de ses fers.

J'étais encore à me demander quel chemin j'allais prendre quand surgit une troupe de cavaliers menés par mon maître et par les vassaux du sire de Clères.

— Je ne sais de quel côté il est parti, confessai-je au chevalier qui m'avait rejoint.

— Filez au manoir des Bois-Robert ! m'ordonna-t-il. Nous poursuivrons vers l'abbaye de Saint-Wandrille.

IX

HARO SUR L'ASSASSIN !

Chapitre 37

Héloïse ne m'avait pas menti en me parlant de la pauvreté de son domaine. C'était une grande bâtisse rectangulaire, davantage une maison forte qu'un manoir. Les toitures étaient percées, les murs et les cheminées s'effondraient, seul le jardin, entouré d'une barrière qui le protégeait des chèvres qui se promenaient en liberté, était entretenu.

Mais ce qui me frappa, c'était le silence.

Un silence bientôt troublé par des éclats de voix. Je sautai à terre et attachai mon cheval à l'un des anneaux scellés dans le mur.

— Non, messire ! disait la voix ferme d'Héloïse. C'est impossible ! Renaud n'aurait jamais fait cela. Et s'il est blessé, je veux le voir.

— Il s'est sauvé, damoiselle. Et il est aussi dangereux qu'une bête sauvage. Vous ne pouvez pas rester ici. Venez, je vous en conjure, je vous emmène à mon château de Meulan, ou si vous le préférez, je vais vous conduire auprès de votre tante, au Mesnil.

J'avais dégainé mon épée et m'étais avancé. Héloïse se tenait debout devant une porte basse, le sire de Beaumont en face d'elle. Son destrier à quelques pas de lui, buvant à un abreuvoir de pierre.

— Damoiselle Héloïse ne bougera pas d'ici ! m'écriai-je.

— Messire de Gallardon ! s'exclama la jeune fille, un sourire éclairant son visage inquiet. Est-il vrai qu'on accuse mon pauvre frère d'avoir assassiné un religieux ?

— En tout cas, Gautier de Beaumont a tout fait pour qu'on l'accuse, damoiselle ! Mais votre infortuné frère est innocent, je vous en fais serment. Le coupable est devant vous. L'assassin, c'est lui !

Héloïse regarda son fiancé d'un air incrédule, puis se tourna vers moi.

— Mais que dites-vous...

Sa voix s'étrangla, Beaumont l'avait saisie par-derrière, posant la pointe de son poignard sur sa gorge.

— En arrière, l'écuyer, ou je la tue ! ordonna-t-il.

J'eus un moment d'hésitation. Je restai la lame levée, puis l'abaissai lentement. La bouche sèche, les muscles tendus.

— Ne touchez pas à un seul de ses cheveux, Beaumont, ou par Dieu, je vous tuerai de mes mains !

m'écriai-je, surpris moi-même par la violence de ce que je ressentais.

Voir Héloïse à sa merci, ne rien pouvoir faire m'enrageait. Il reculait vers sa monture, la tenant devant lui comme un bouclier.

Puis tout changea.

Le visage de la jolie rousse se contracta, elle mordit jusqu'au sang la main qui la maintenait et, dans un même mouvement, alors que son ravisseur lâchait un juron, elle lui décocha un coup de genou à l'entrejambe.

J'étais déjà sur eux, écartant la jeune fille qui s'abrita derrière moi.

Beaumont avait vite repris ses esprits. Lâchant son poignard, il avait dégainé son épée, déviant le coup que je lui assénai.

Nous nous reculâmes de quelques pas, nous évaluant. Il arracha son mantel et esquissa une révérence ironique.

— Que tu le veuilles ou non, l'écuyer, j'épouserai la damoiselle de Bois-Robert, et j'hériterai des terres.

— Pas tant que je serai en vie ! grondai-je.

— Mais tu vas mourir, petit écuyer ! Que veux-tu faire avec ton épée de bois ? Tu ferais mieux de retourner jouer dans les jupons de ta mère.

Je m'efforçai de calmer ma colère, me rappelant l'enseignement de sire Raoul.

— Sauvez-vous, Héloïse, prenez mon cheval ! Retournez à Jumièges.

— Non !

Au regard que Beaumont me lança alors, je compris que je n'avais d'autre choix que de gagner, car celui-là ne me laisserait pas la vie sauve.

Sa lame frôla mon crâne avant d'arracher des étincelles au fer de la porte devant laquelle je m'étais placé. Je roulai à terre et me relevai d'un bond, le souffle court. Il fonçait à nouveau sur moi, faisant tournoyer son épée.

Je l'esquivai, essayant en vain de le toucher.

Je compensais en agilité la force de mon adversaire et son habileté à manier sa lame. Mais combien de temps allais-je tenir ainsi ?

J'étais en sueur et il ne semblait pas faiblir. Il me repoussait sans que j'arrive à seulement l'égratigner.

— Je vais te clouer comme une chauve-souris sur un vantail, l'écuyer.

J'esquivai une nouvelle fois sa lame, mais pas assez vite. Une sensation de brûlure envahit mon bras, le sang se mit à couler le long de ma chainse.

Mon cœur cognait à tout rompre. Jamais je n'avais affronté un si rude combattant dans une lutte à mort.

Il revenait déjà sur moi, le visage en sueur, les

yeux étincelants. Je décidai de lui parler, espérant le déconcentrer.

— Pourquoi avez-vous tué Héribert et Jocelin ?

— Tais-toi, l'écuyer ! Bats-toi !

— Jocelin vous tenait tête. Si vous ne l'aviez lâchement attaqué par-derrière, sans doute vous aurait-il vaincu !

— Jocelin, me battre ! Il tremblait comme Héribert. Si tu avais vu leurs têtes à tous les deux quand ils ont vu le masque de loup surgir des ténèbres !

Tout en riant, il asséna un coup si rude sur ma lame que celle-ci m'échappa des mains. Je me penchai pour la saisir, mais il l'avait repoussée du pied. Elle était trop loin. J'étais désarmé.

Changeant sa lame de main, Beaumont s'approcha à pas lents.

— Préparez-vous ma fiancée ! lança-t-il à Héloïse. Votre promis va venir vous chercher.

— Vous ne m'aurez pas vivante ! répliqua la voix de la jeune fille. Je me tuerai avant.

— Certes non, ma toute belle, vous mourrez quand j'en aurai décidé, comme votre père.

— Que voulez-vous dire ? fit la jeune fille, horrifiée par ce qu'elle commençait à entrevoir.

— Votre frère avait compris, lui. Il avait deviné que j'avais tué votre père ce jour-là pour récupérer l'acte de vente qui allait faire de vous une riche héritière. Une petite poussée et il était tombé dans la Seine... Il ne savait pas nager et je l'ai regardé se noyer... Il ne me restait plus qu'à éliminer Renaud. Le fait qu'il ait eu la rage m'y a aidé. Les moines ont bien essayé de le soigner, mais je l'ai libéré de ses liens...

Beaumont se fendit d'un coup et, en voulant lui échapper, je trébuchai et tombai. J'arrachai mon poignard de son étui et me redressai d'un bond.

Ensuite, tout s'accéléra. Il attaqua de nouveau, je mis un genou en terre et passai sous sa garde, enfonçant ma lame dans son aisselle.

Il poussa un drôle de soupir, son arme lui échappa. Il tomba à genoux puis s'effondra sur le côté, ses yeux se révulsant.

Je restais immobile.

Mon regard alla de mes doigts entrouverts à la garde qui dépassait du bliaud de Beaumont. Le sang formait une flaque qui allait en s'élargissant sur le sol. Son beau visage prenait déjà une teinte crayeuse.

C'était le premier homme que je tuais.

J'entendis le bruit d'une cavalcade. Des cavaliers entraient au galop dans la cour, on criait mon nom.

Héloïse était accourue près de moi.

— Michel ! Messire de Gallardon, vous êtes blessé ?

Je fis signe que non, mais j'étais incapable d'articuler. Elle me prit dans ses bras, je sentis couler ses larmes tièdes sur mes joues.

Ainsi c'était ça, tuer un homme ! Ce vide. Ce néant où l'on plongeait avec celui à qui l'on avait ôté la vie ? Cette infinie mélancolie.

J'aurais sans doute dû me réjouir d'avoir mis fin aux jours de l'assassin de Jocelin et d'Héribert.

Je n'y arrivais pas.

Je n'y arriverai jamais.

Chapitre 38

Trois jours avaient passé depuis la mort du sire de Beaumont. Je pensais souvent à lui et je regardais encore avec incrédulité la main qui l'avait envoyé au trépas.

— Nous allons encore rester quelque temps à Jumièges, m'annonça le chevalier.

Les deux frères se promenaient chaque jour, y trouvant un évident plaisir. Il arrivait même que j'entende mon maître partir d'un rire sonore qui me réchauffait le cœur. Lui si sombre auparavant, il semblait apaisé.

— Sais-tu, Michel, me confia-t-il alors que je le rejoignais sur le pré pour mon entraînement, que tu me rappelles mon fils ?

— Je ne savais pas, messire, que vous aviez un fils.

— Il avait ton âge quand il est mort, tué d'une flèche, en Orient... Mais grâce à toi, je le retrouve un peu.

Il me lança mon épée.
— Es-tu prêt ?
— Oui, messire.
Il ne m'en dit pas plus, mais je compris qu'il m'avait confié là le secret de sa douleur et que plus jamais il n'en reparlerait. Ce matin-là, je crois, je me battis avec plus d'ardeur encore qu'à l'accoutumée. Pour la première fois depuis que j'avais quitté le château de mon père, je ne me sentais plus seul.

L'abbé avait pris sa charge à cœur et le changement était déjà perceptible. Tout le monde s'affairait. Les allées et les dallages étaient lavés à grande eau, les prés fauchés, le chiendent arraché entre les pavés de la cour. Partout des maçons s'activaient. Dans les églises, les ors et les argents étincelaient.

Les chasseurs et le louvetier de Lisieux avaient ramené à Conihout les dépouilles d'une dizaine de loups et celle d'un grand chien qu'ils brûlèrent sur un bûcher dont la fumée nauséabonde me rappela celle de notre arrivée. La rage avait-elle touché d'autres bêtes sauvages ? Nul ne le savait. Mais on priait pour que ce ne soit pas le cas.

Dans la fonte des selles de Beaumont, on retrouva les papiers qu'il avait dérobés à Jocelin mais aussi ceux appartenant aux Bois-Robert. Damoiselle Héloïse décida de brûler les actes d'achat des terres acquises illégalement par son père. L'abbé promit de l'en dédommager dès qu'il le pourrait. Nous ne l'avions pas revu depuis la mort de Beaumont.

Cet après-midi-là, pourtant, le chevalier décida qu'il était temps d'aller lui rendre visite au manoir. Je l'y accompagnais avec frère Augustin.

Une vieille servante, l'ancienne nourrice de Renaud et d'Héloïse, nous fit entrer.

— Ma foi, votre visite fera du bien à ma maîtresse. La pauvrette est si triste. Pensez, avec son pauvre Renaud qu'est toujours malade. Heureusement, il y a sa tante du Mesnil qui vient la voir souvent et le sire de Clères aussi. Il s'est vite remis de sa blessure, celui-là, une nature, et un bel homme. Entrez, messeigneurs, entrez, mon frère.

J'avais tressailli, malgré moi, au nom du sire de Clères. Le riche seigneur se présentait-il en prétendant, lui aussi, ou seulement en voisin et ami ?

Nous étions sur le seuil d'une vaste et sombre pièce.

Damoiselle Héloïse était assise dans un grand fauteuil, un lévrier couché à ses pieds. Elle ne semblait pas nous avoir entendus.

Autour d'elle, le spectacle était lugubre, les tentures usées, les tapis élimés, jusqu'à la vaisselle sur la longue table de chêne qui était ébréchée, mais elle ne semblait pas s'en soucier. Le chevalier s'avança d'un pas.

— Damoiselle !

Elle parut sortir d'un rêve.

— Nous ne vous dérangeons pas ? demanda mon maître.

Elle fit signe que non, mais ne bougea pas de son fauteuil. Elle était la même et pourtant, elle avait changé. Comme si un peu d'enfance s'en était allée. Une ombre noire soulignait ses yeux. Ses traits étaient tirés, son visage amaigri. Mais sa mélancolie n'avait rien ôté à sa beauté.

— Non pas, messire. Entrez. M'apportez-vous des nouvelles de mon frère ?

— Non, damoiselle, rien de neuf, nous venons nous enquérir de votre santé. Vous vous faites rare, ces jours-ci.

— L'abbé Eustache a refusé que je le voie, continua-t-elle sans prêter attention aux paroles de mon maître.

— Il veut vous épargner, plaida frère Augustin d'une voix douce. Votre frère a les fièvres et nous devons le maintenir à l'isolement, comme un prisonnier. Je sais que c'est dur pour vous, mais nous ne pouvons faire autrement. Frère Thibaud prend grand soin de lui, je vous l'assure.

Le visage d'Héloïse se fit plus sombre encore.

— Je vous crois, mon frère. Mais pensez-vous que mon pauvre Renaud sortira vivant de cette épreuve ?

— Nous ne pouvons que prier pour lui, damoiselle.

— Tout cela est ma faute, fit-elle soudain, les larmes lui montant aux yeux.

— Pourquoi dites-vous cela ? demanda sire Raoul.

— Quand il s'est fait mordre par son chien, il a eu un accès de fièvre, il avait perdu l'appétit et était devenu si mélancolique. J'aurais dû deviner qu'il avait la rage.

— Nul ne l'aurait pu, damoiselle, la consola frère Augustin.

Je me taisais, me contentant de la regarder. J'avais envie de la prendre dans mes bras et de la serrer contre moi comme elle m'avait serré quand j'avais tué Beaumont.

— Ensuite, reprit-elle, il m'a dit qu'il craignait d'être contagieux, et il est allé voir frère Thibaud. Quand il est revenu, il avait l'air d'aller mieux. Il m'a annoncé qu'il partait à la chasse mais en fait, il s'était réfugié à l'infirmerie de Jumièges. Et je n'en savais rien. Comme une enfant égoïste, je ne pensais qu'à mon fiancé. Ce fiancé qui avait tué mon père et trahi Renaud. Cet assassin.

Les larmes coulaient en silence sur ses joues.

— Il n'y a qu'un coupable dans tout ça, damoiselle, fit fermement Augustin en la prenant par les épaules. Et c'est Beaumont.

— Comment a-t-il pu froidement tuer notre père ? Comment a-t-il osé s'en prendre à mon frère qui le considérait comme son meilleur ami ?

— C'était un démon, damoiselle. Il a vite compris que votre frère avait des soupçons. Sans doute quelque mauvaise parole lui avait-elle échappé devant lui ? Et quand Renaud a été blessé par son chien, qu'il a contracté le mal noir, il a vu là l'occasion idéale de l'éliminer de la succession. Une fois votre frère condamné à mort et exécuté, vous deveniez la seule héritière.

— C'est horrible ! fit Héloïse en se prenant la tête entre les mains.

— Je crois qu'il avait imaginé des choses bien plus terribles encore que celles que nous échafaudons, fit le chevalier. Après avoir tué ses complices, peut-être espérait-il même qu'il serait lynché ? Nous avons retrouvé son déguisement au château de Meulan : une tête de loup, des pattes avec de longues griffes. Il s'en était servi pour défigurer ses victimes. Il voulait créer une panique, profiter de la légende du loup vert que tous les gens d'ici craignaient. Heureusement, ni l'abbé ni Drogtegand n'ont voulu se laisser aller aux superstitions.

— Mais pourquoi tout cela ?

— Il se rendait maître d'un domaine plus vaste que celui du seigneur de Clères, et il remboursait ses dettes de jeu. Nous avons découvert qu'il en avait de nombreuses, ajoutez à cela un train de vie princier... Il lui fallait beaucoup d'argent. Une fois qu'il aurait dépensé votre fortune, sans doute vous aurait-il enfermée dans quelque couvent, ou pire…

Le silence retomba.

La jeune fille regardait droit devant elle.

Un long moment passa ainsi, puis la vieille nourrice entra avec un plateau sur lequel était posée une coupelle pleine à ras bord de petites prunes d'un rouge profond et une jarre de lait de brebis.

Héloïse se leva, essaya de sourire, puis d'un coup, elle éclata en sanglots déchirants avant de disparaître en courant dans l'intérieur de la maison.

Les jours suivants, je revins la voir, essayant de l'arracher à l'infinie mélancolie qui l'avait saisie.

Elle ne parlait pas, restait prostrée. Ne paraissait pas même me voir.

Je lui racontais mes aventures au château de La Roche-Guyon. L'entraînement avec le chevalier sur le pré devant l'abbaye. Je lui parlais même de dame Morgane. De sa beauté et de son courage devant l'adversité.

Je lui amenais Maiole, mon hermine qui, une nuit, était revenue se glisser près de moi, espérant que sa vue la ferait sourire.

En vain.

Plus je la voyais, plus, je le savais, mon attachement pour elle grandissait.

Cela n'avait rien à voir avec ce que j'avais éprouvé pour dame Morgane.

C'était autre chose, une tendresse infinie, une envie terrible de la prendre dans mes bras, de lui dire que la vie continuait malgré tout.

Et puis, soudain, un matin, alors que je me rendais aux écuries, je me souvins d'une conversation que nous avions eue, Héloïse et moi. Quelque chose qui avait fait briller ses yeux.

J'allais voir sire Raoul et lui en parlais. Il m'écouta sans mot dire, puis hocha la tête et me proposa de prendre son destrier.

Je partis au galop pour le manoir et annonçai à Héloïse mon intention de passer la prendre le lendemain pour une longue chevauchée.

Je savais qu'elle m'avait entendu. Mais rien sur son visage n'avait bougé.

X

UN BLEU PLUS BLEU

Chapitre 39

Ce matin-là, j'étais parti vers le manoir des Bois-Robert, fièrement campé sur le destrier de mon maître, tenant ma monture par la longe. Il faisait beau, des hirondelles tournoyaient dans le ciel.

Quand j'arrivais, Héloïse était déjà prête, habillée comme un jeune garçon, d'une tenue cavalière, de braies et de bottes. Sa chevelure tressée et nouée en chignon, dissimulée sous la capuche de son mantel, encadrait un visage pâle et des yeux rougis.

Je l'aidai à monter en selle, et nous partîmes sans avoir échangé un mot.

Passé l'abbaye de Saint-Wandrille et Tancarville, je talonnai mon cheval, encourageant Héloïse à faire de même. Nous étions remontés vers l'embouchure de la Seine puis, suivant les indications de mon maître, j'avais obliqué vers l'intérieur des terres, traversant des forêts de chênes et de hêtres.

Bientôt, quelque chose changea dans le ciel, la lumière était différente, il y avait une transparence nouvelle comme celle des vitraux de Chartres. Un bleu plus bleu.

Je sentis que nous approchions. Je me tournai pour regarder Héloïse, ses joues avaient rosi sous l'effet de la course mais son regard demeurait absent.

Il ne restait plus que quelques lieues avant que nous ne la voyions.

Nous nous arrêtâmes pour faire boire les chevaux à un abreuvoir.

Le vent s'était levé. Il soufflait vers l'intérieur des terres et des centaines de mouettes planaient au-dessus de nous. Je tendis mes paumes ouvertes pour aider Héloïse à remonter en selle.

— Elle est là, tout près, damoiselle, soufflai-je. Souvenez-vous, vous m'avez dit un jour que vous aimeriez la voir.

Un bref instant, son regard se troubla. Se souvenait-elle ? Avait-elle compris vers quoi nous chevauchions ?

J'essayai de retrouver les paroles que je lui avais dites ce jour-là et murmurai, alors que nous chevauchions côte à côte :

« Pour les uns, elle a la couleur d'une émeraude, pour les autres, celle de l'albâtre, pour d'autres enfin, des lumières scintillent sous sa surface comme autant d'étoiles... »

On m'avait tant dit sur la mer. Tant de choses différentes, toutes plus belles les unes que les autres. Un tressaillement fit frémir son visage. Pour la première fois depuis longtemps, elle me regarda.

— Elle est là, damoiselle Héloïse, tout près. Juste au bout de ce vallon verdoyant.

Je talonnai le destrier, elle lança son cheval derrière le mien.

Nous débouchâmes au galop dans un village de pêcheurs. Les gens s'écartèrent devant nos montures. Nous arrivions dans une baie cernée de hautes falaises blanches et brunes.

Je ne sais qui de nous deux la vit en premier.

Peut-être l'avions-nous vue en même temps ?

Elle ne ressemblait à rien de ce qu'on m'avait décrit. Elle était immense et brillante, elle reflétait le soleil et se perdait à l'horizon. Elle bougeait comme un animal et exhalait des parfums inconnus qui me tournaient la tête.

Sur le rivage de galets où nous débouchâmes étaient posées des barques retournées. Un peu plus bas, à la lisière des vagues, au pied d'une aiguille de pierre plantée dans l'eau comme une épée, jouait un troupeau d'animaux étranges au corps massif, à la peau grise.

Nous nous arrêtâmes tous les deux, si près l'un de l'autre que nos cuisses se touchaient. Les chevaux encensaient, fatigués par leur longue course, mais nous n'y prêtions pas attention.

Nous regardions droit devant nous.

Fascinés.

Et soudain, nous la vîmes au loin. C'était comme une île qui avançait. Un Léviathan qui soufflait un jet d'eau immense et dont l'énorme queue frappait la surface de la mer.

En me tournant vers Héloïse, je me rendis compte qu'elle pleurait et que je pleurais aussi. L'émotion m'étranglait. En cet instant, j'aurais voulu la prendre dans mes bras, la serrer contre moi.

— Merci, messire, merci de m'avoir menée ici, murmura-t-elle en plantant son regard grave et doux dans le mien.

Elle était revenue à elle. J'aurais voulu crier de joie, au lieu de ça, je me penchai et posai mes lèvres sur les siennes. La tête me tournait, je l'embrassai à en perdre le souffle...

Cela est la fin du livre mais non celle des aventures de Michel de Gallardon...

Pour en savoir plus...

L'abbaye de Jumièges

Créée par saint Philibert, en 654, en aval de Rouen, l'abbaye de Jumièges était régie par la règle de saint Benoît, ses quelque huit cent cinquante moines partageant leur temps entre la prière et le travail. Comme celle de la plupart des abbayes, son histoire fut mouvementée.

Elle fut pillée et incendiée par les Normands en 841. Guillaume de Jumièges y rédigea vers 1071 son *Histoire des ducs de la Normandie.* Elle souffrit des guerres qui ravagèrent la Normandie sous le règne d'Henri II Plantagenêt. La communauté des moines se déchirant, une enquête y fut même menée en 1160, qui inspira ce livre... Abandonnée à plusieurs reprises pendant la guerre de Cent Ans, elle connut à nouveau le pillage puis la peste et les soulèvements des paysans au XVe siècle. Au moment de la Révolution, elle ne comptait plus que seize moines qui durent l'abandonner. Elle devint maison de retraite, puis carrière de pierres avant d'être rachetée par l'État en 1947.

Depuis cette histoire, quelque huit cent soixante ans ont passé sur l'abbaye de Jumièges... Des falaises qui lui font face, on aperçoit toujours ses hautes tours jaillissant de la forêt environnante. Jumièges est survolée par les choucas, les mouettes et les corbeaux et il faut toujours prendre le bac pour la rejoindre, même s'il n'est plus fait de rondins...

La rage

Du sanskrit *rhabas* : faire violence.

La rage est une maladie mortelle, très contagieuse. D'après l'Organisation mondiale de la santé, cinquante-cinq mille personnes en meurent encore chaque année de par le monde. Elle est souvent transmise par les animaux, renards, chiens, mais aussi par les chauves-souris.

En 1885, Louis Pasteur soignera pour la première fois un jeune berger alsacien, et créa le vaccin antirabique.

La transmission se fait par introduction du virus

contenu dans la salive (ou dans le sang) de l'animal contaminé. La manipulation d'animaux morts peut être contaminante car le virus reste virulent dans le cadavre pendant un certain temps.

Les premiers symptômes de la rage sont souvent une difficulté à avaler, de l'anxiété, une forte agitation. La peur de l'eau ou hydrophobie est souvent présente. L'évolution se fait vers le coma et la mort sur des périodes allant de quelques jours à quelques semaines. Dans nos campagnes, de nombreux cas ont jadis été répertoriés, donnant lieu à de tragiques histoires où l'enragé finissait souvent mis à mort par ses proches...

Lexique

Bliaud : tunique longue de laine ou de soie, aux manches courtes dans le Sud et longues dans le Nord, serrée à la taille par une ceinture. Habit de la noblesse ou de la grande bourgeoisie.

Braies : caleçon plutôt long et collant au XIIe siècle, retenu à la taille par une courroie.

Broigne : justaucorps de grosse toile ou de cuir recouvert de pièces de métal, ancêtre de la cotte de mailles.

Carole : danse ou ronde du Moyen Âge. Caroler : danser ou tourner en rond.

Chainse : équivalent de la chemise, tunique en toile ou lin à manches fermées.

Chausses : chaussettes en drap, tricot ou laine parfois munies de semelles de cuir et maintenues par des lanières s'attachant en dessous du genou. Les hauts-de-chausses étaient l'équivalent de nos bas.

Coutel : couteau.

Destrier : cheval de guerre.

Dîme : (du latin, *decima* : dixième partie), redevance en nature (céréales, poissons...), versée au clergé. La grange dimière était l'endroit où l'on entreposait la dîme.

Harnois : désigne tout l'équipement d'un homme de guerre (broigne, épées, lance, bouclier...), mais aussi l'habillement du cheval, voire le mobilier transportable dans les camps.

Herbes de la Saint-Jean : elles étaient au nombre de cinq : armoise, millepertuis, lierre grimpant, lierre terrestre, achillée. Elles ont toutes des vertus médicinales et étaient très utilisées au Moyen Âge.

Herbe aux mille trous : millepertuis. Les fleurs sont d'un beau jaune d'or visible de mai à septembre. Elle est utilisée pour soulager les bronchites, son huile est souveraine pour guérir les brûlures.

Hydromel : boisson fermentée faite d'eau et de miel.

Maiole : 1er mai.

Mantel : manteau semi-circulaire comme une cape, attaché à l'épaule par une agrafe, nommée tasseau.

Marka : ancienne unité de mesure pour l'or et l'argent, environ 244,75 g.

Myrrhe : gomme-résine odorante et médicinale fournie par différents arbustes ou arbres de la famille des burséracées, utilisée entre autres comme encens.

Noroît : vent du nord-ouest, en normand.

Oblat : se dit des enfants donnés par leur famille à un monastère. Cette pratique permettait à des familles de paysans de faire accéder leurs enfants au statut monacal. Elle fut cependant vite réprouvée par la plupart des ordres religieux.

Oliban : espèce de gomme-résine, appelée vulgairement encens mâle.

Palefroi : cheval de marche ou de parade.

Pourpoint : vêtement d'homme en tissu épais qui couvrait le torse du cou à la ceinture.

Rebec : instrument de musique à trois cordes et à archet.

Rouleau des morts : le parchemin qui circulait entre les abbayes avec les noms des défunts ; il pouvait mesurer jusqu'à 20 m de long !

Samit : riche tissu à trame de soie et chaîne de fil.

Saponaire : plante portant des fleurs roses et odorantes, contenant une substance qui mousse comme du savon.

Viole : instrument de musique à cordes et à archet, un des ancêtres du violon.

Virelai : poème du Moyen âge, sur deux rimes avec refrain, probablement pour danser.

Les mesures

Lieue : mesure de distance, environ 4 km.
Toise : équivaut à 6 pieds, soit près de 2 m.
Aune : 1,188 m.
Pieds : ancienne mesure de longueur, 32,4 cm.
Coudée : ancienne mesure, distance séparant le coude de l'extrémité du médius, environ 50 cm.
Pouce : ancienne mesure de longueur, 2,7 cm.

Les heures

Matines, ou vigiles : office dit vers 2 heures du matin au Moyen Âge.
Laudes : office dit avant l'aube.
Prime : office dit vers 7 heures du matin.
Tierce : office dit vers 9 heures du matin.
Sexte : sixième heure du jour, vers midi.
None : office dit vers 14 heures.
Vêpres : du latin *vespera* : soir. Office dit autrefois vers 17 heures.
Complies : office dit après les vêpres vers 20 heures, c'est le dernier office du soir.

Viviane Moore

De sang italo-irlandais, Viviane Moore est née à Hong Kong, dans un pousse-pousse qui, bloqué par les embouteillages, n'a pas eu le temps d'atteindre la maternité la plus proche. Après une arrivée si romanesque dans la vie, elle passe par le journalisme et la photographie avant de se lancer dans l'écriture. Passionnée par le Moyen Âge depuis l'enfance, elle publie aux éditions du Masque une série relatant les aventures du chevalier Galeran de Lesneven, un enquêteur du XIIe siècle, puis la saga de Tancrède le Normand en 10/18, Grands Détectives, avant de se consacrer à la littérature noire contemporaine avec, entre autres chez Elytis, *Tokyo des ténèbres, Tokyo Intramuros* et *Ombre japonaise.*

Après *Le Seigneur sans visage,* premier volume des aventures de Michel de Gallardon, Viviane Moore revient à ses premières amours, et signe son deuxième roman sur les fléaux qui ont ravagé le Moyen Âge avec *La Nuit du loup vert.*

Un monde en perpétuel mouvement

Que faisait, au Moyen Âge, un garçon d'une quinzaine d'années qui n'avait ni télé ni console de jeu ni téléphone portable ? S'il était de bonne famille, il pouvait, par exemple, suivre une formation d'écuyer, comme Michel de Gallardon. Il apprenait alors à survivre, à se battre ou même à tuer. Autant de « disciplines » très utiles à une époque durant laquelle le mot « adolescent » n'existait pas. On y passait de l'enfance à l'âge adulte sans transition, dans un monde de pionniers à la fois sombre, tragique et poétique, mystérieux et violent. Un monde en perpétuel mouvement qui me fascine depuis toujours.

Viviane Moore

Vincent Madras

L'illustrateur est né en Vendée en 1975, et a commencé à peindre et dessiner en 1990. Deux années d'Arts Appliqués et beaucoup de travail autodidacte lui ont permis de travailler en tant qu'illustrateur pour l'édition en fantasy, fantastique et science-fiction, ses domaines de prédilection. Il a notamment travaillé pour l'Atalante, Le Fleuve noir et les séries SF et fantasy de J'ai lu. Il a réalisé les couvertures de la série *Lady Grace,* publiée chez Flammarion.

Table des matières

Prologue 7

I. Le massacre 11
Chapitre 1 13
Chapitre 2 19
Chapitre 3 21
Chapitre 4 25
Chapitre 5 29

II. L'écuyer 33
Chapitre 6 35
Chapitre 7 39
Chapitre 8 43
Chapitre 9 47
Chapitre 10 55
Chapitre 11 59

III. Le « redoutable jugement de Dieu » **65**
Chapitre 12 67

IV. Une faim innommable **73**
Chapitre 13 75
Chapitre 14 79
Chapitre 15 81
Chapitre 16 85
Chapitre 17 91

V. Le loup vert **95**
Chapitre 18 97
Chapitre 19 99
Chapitre 20 103
Chapitre 21 105
Chapitre 22 109
Chapitre 23 115

VI. Un cadavre de plus **119**
Chapitre 24 121
Chapitre 25 127
Chapitre 26 129
Chapitre 27 131
Chapitre 28 135
Chapitre 29 141
Chapitre 30 145

VII. « Tantôt la rigueur du maître...................... 151
Chapitre 31 153
Chapitre 32 157
Chapitre 33 163
Chapitre 34 173

VIII. ...Tantôt la bonté du père »......................... 177
Chapitre 35 179
Chapitre 36 183

IX. Haro sur l'assassin !.. 187
Chapitre 37 189
Chapitre 38 197

X. Un bleu plus bleu.. 205
Chapitre 39 207

Pour en savoir plus.. 211
Lexique 215
Viviane Moore 219
Vincent Madras 221

Composé par Nord Compo Multimédia
7, rue de Fives, 59650 Villeneuve-d'Ascq

Dépôt légal : janvier 2012
N° d'édition : L01EJEN000332.C002
Loi n° 49-956 du 16 juillet 1949
sur les publications destinées à la jeunesse